青春结束前，愿你成为更好的人

紫堇轩 著

世界知识出版社

图书在版编目（CIP）数据

青春结束前，愿你成为更好的人 / 紫堇轩著 .
—北京：世界知识出版社，2015.3
ISBN 978-7-5012-4890-2

Ⅰ. ①青… Ⅱ. ①紫… Ⅲ. ①散文集—中国—当代 Ⅳ. ① I267

中国版本图书馆 CIP 数据核字 (2015) 第 066472 号

出 品 人 赵　雷
总 策 划 杨建楷　袁荣荣
责任编辑 余　岚
责任出版 刘　喆
责任校对 张　琨
美术设计 刘　萍
执　　行 闫　迪
摄　　影 榨菜蛋花汤
封面模特 丹　三

书　　名 青春结束前，愿你成为更好的人
Qingchun Jieshu Qian, Yuanni Chengwei Genghao de Ren
作　　者 紫堇轩

出版发行 世界知识出版社
地址邮编 北京市东城区干面胡同51号(100010)
经　　销 新华书店
印　　刷 北京中科印刷有限公司
开本印张 880×1230毫米　1/32　8印张　8插页
字　　数 168千字
版次印次 2015年5月第一版　2015年5月第一次印刷
标准书号 ISBN 978-7-5012-4890-2
定　　价 28.00元

COIN LAUNDRY

BRUTUS
Living with Wood

CARROTS
3.50
CARROTS $ 2.99
Kg

目录

你有多努力，就有多幸运
——与其叹息，不如微笑

你值得过更好的生活
——与其等待，不如改变

你的前路，有星光可循
——与其崇拜，不如超越

你怎样，你眼中的世界便怎样

——与其无聊，不如精彩

去更远的地方，追更大的梦

——与其做梦，不如追梦

序言 趁着青春，去远方

每个人的身边总是充斥着各种各样的人，上演着不同的一生。

有的人功成名就，但不快乐。

有的人苦苦追求，但不得志。

有的人漫无目的，游山玩水。

有的人爱而不得，孤独终老。

有的人工作只是为了稳定的经济来源，用自己的特长为自己谋生，而一有空闲，就会去做真正感兴趣的事。

如果人生能够选择，我相信每个人只要过自己喜欢的那种。

然而理想有多激昂，现实就有多冷淡。很多朋友因为一时的受挫，就选择了更加好走的路，安慰自己平淡是福。梦想搁浅在胸口，成了一叶荒凉的舟。

青春可以建设人，也可以摧毁人。其实你可以变得更好，在青春落幕以前。

因为如果每个年轻人都只追求安稳庸碌，那就对不起“青春”这两个字了。

青春，百度百科解释为：青年时代最壮丽的时光。约翰 · 巴里摩有句话说："人不曾老去，直到悔恨取代了梦想。"

在这短暂绝美的时光里，你有机会可以卷土重来，只为取悦自己。你可以过得更加聪明勇敢，为爱而活。就像我的这些年，陆陆续续辗转换过几座城，只为了不怠慢自己要走的路。

出发吧，去往梦想，去往远方。一路走，一路告别，一路失去，但也一路变得更好。

就像我，此刻努力变得更好，变成自己喜欢的那个我，也是为了将来，小孩在填写简历档案的时候，能为他表格写下的父亲的名字，感到一丝丝的骄傲。

希望这本书能够给你的学习、工作、生活、情感，带去一点温暖善意的帮助。在你的天空最黑暗的时候，陪你静静等天亮。

未来闪闪发光的你，一定会感激现在为梦想而努力前行的自己。或许你此刻感到迷茫不安，但你一定会笑到最后。

请你相信我。

紫堇轩

2015 年 4 月 5 日

你有多努力，就有多幸运

——与其叹息，不如微笑

你有多努力，就有多幸运

——与其叹息，不如微笑

前几天一个百度的朋友告诉我，8 月 8 日要发最高奖，有 100 万美金，奖励 10 个人的团队。听起来极其诱人，但筛选条件又格外严苛。先不说能不能像小李子李奥纳多那样专注陪跑奥斯卡小金人 20 年了，就连入围提名，也变得奢侈。

然而朋友自嘲之后也表达了一些观点，大概是受同事情绪影响，总觉得每个奖总会存在这样那样的不公平，足够优秀的团队却被忽略了。

然而当我们沏完茶，我却对朋友笑道："可能这话你不大爱听，但事实就是，一个人如果肯对自己所有的一切足够自信，就不会抱怨没有他的容身之地。一个人如果能多想到别人背后所付出的感情和力量，他就不会觉得命运有多不公。"

每天早晨出地铁站，我会拐进旁边的小胡同，赶路五分钟去买两个包子，一荤一素，风雨无阻。无论什么时候，那里总会站满了像我一样二十多岁的年轻上班族。包子店建在高出地面两个台阶的地方，大家仰高头伸长手纷纷争着给钱的场景略为壮观，就像在朝圣的信徒。

其实离地铁更近的地方，还有别的包子店，却门庭冷清。熟识以后我问过店主，只因为他们愿意吃苦，每天天没亮就起来擀面、烧水，馅料也采用最新鲜的，夫妻俩一个早上下来腰酸背痛，大汗淋漓。而别的店，我也因为快迟到而尝试买过，口感很差，要么馅料很乏味，要么面松软度不够。

所以说，在羡慕嫉妒恨别人家的某某时，最重要的，还是先练好内功。好吃的包子都能被认可，是金子还愁发不出光吗？

朋友听后，也跟我讲起了一段往事。曾经他是某歌手的忠实fans，但后来因为他转型，走另一个路线，朋友非常失望，就再也没有关注他的音乐了。有一天他和表妹逛街，路过她喜欢的衣服店，问她为什么不进去看看？表妹说，最近在攒钱，想买某明星的正版新专辑。

虽然早已过了追星的岁月，但朋友忽然意识到——自己根本没为喜欢的歌手贡献过演唱会门票，甚至连听他的歌都是在网上随意免费下载的。也就是说，自己没有付出过什么，又何必去指责歌手为了市场需求，不得不转型呢？

所以，我们总会不经意地指责别人没有理解自己，没有看到自己付出的热爱与坚定。可是事实上，你又真的问心无愧地投入了比别人更多的努力吗？除非能像表妹那样，贡献出自己一份力量，才有权利和资格去指责一个歌手："你变了！""你太让我失望了！"……

当然，社会上肯定有官二代和高富帅，他们付出比我们更少就可以得到更多的回报。然而在一家公司里，聪明的上司不会允许自己辛苦打下的江山被没有才华的皇亲国戚占领。越对事业有帮助的人，越能享受更丰厚的优待。或许，在不明就里的人看来，那就是所谓的"运气"。运气背后的辛勤和汗水，却像融化成水的雪，风干成空气的露，被他们统统忽略了。

"不必嫉妒别人的金钱、人脉、地位之类。原因有五：1. 别人可能付出比你多，只不过你没看到。2. 这些只能带来一时的满足，而不是永久的满足。3. 这里有你玩不来的游戏规则，玩的来的人也挺累的。4. 你有不如人的地方，就一定有比别人好的地方，静待时机。5. 有时候不争，你的真心朋友会更多。"

说到底，人生在世，谁比谁容易呢？你之所以不开心，是因为你的能力赶不上你的野心,你的步调追不上你的梦想。这个年代，你若有才华，千万不必谦虚冷藏。如果你不想它们变成冰箱角落里的速冻水饺的话。

但凡情商高一点的人都明白，与其临渊羡鱼，不如退而结网。抛却偏见与傲慢的尘埃，像忠勇的将军那样，用行动和战绩为自己加冕，你会更容易被瞩目。幸运之神，总会有一天降临你。

如果你也曾孤立无援过

初中那时，我最怕体育课。其他科目可以威武霸气当学霸，偏偏体育弱爆了。最家常便饭的千米跑都不及格，更别提颇具难度系数的单双杠。

可是初二期末考，却突然增加了这一项评分。因个子矮小排在队伍角落的我，看着其他男生摩拳擦掌跃跃欲试，感觉到了前所未有的压力山大。沿着对角线望过去，恰好刘彦龙回过头，我觉得他嘴角的那抹冷笑，定是因为上个月年级化学课实验竞赛输给了我，这次，给身强体壮的他带来了复仇逆袭的机会。

果然，当体育委员喊到了刘彦龙的名字，他像一只骄傲的仙鹤，昂着脖子走上去，嘀咕了一句“太小儿科了”，整个人用最快的速度完成了漂亮的腾空翻！

在同学惊艳的喝彩声中，他又做了一个、两个……一分钟内，打破了前面所有男生的纪录。

所有人都在为他欢欣鼓舞，除了心事重重的我。但是，该来的始终逃不掉，到我上场的时候，我特别注意到刘彦龙，他竟然在人群中默默举起了手机——扭捏作态的表情像在自拍，又像准备好记录下我的窘样。

我胳膊很细，挂在上面，如一只落水的鹌鹑，怎么扑腾双腿也使不上劲，让自己的脖子超过单杠线已经非常困难，更别提还要将整个下半身翻过去了。

不用照镜子我也知道自己憋红了脸，出尽洋相，下面同学议论纷纷的声音化作无数蜜蜂，咬噬着我。体育老师黑着脸走过来，我以为他要帮我，结果，他抬起膝盖凶残地撞了我的屁股一下：“体质这么差，明年怎么毕业啊？”

那一刻，我的身体变成了千斤重。我终于彻底被击垮，整个人自暴自弃地松手跳下来，退到旁边靠树而坐。体育老师在本子上飞快地写了个数字，不用看我也知道是 0 分。

如果你也曾孤立无援过，如果你也曾在众人面前出糗过，那你一定能够理解我的感受，一定也希望身边出现孙建锋这样一个“英雄”。他不是我的情人，甚至不是朋友，没有翻山越岭上天入地，只是恰巧途经，用不经意的善举拉了青春悬崖边上的我一把。

孙建锋是最早考完试的一批，获得自由活动的特权。这时候他刚好从食堂出来，手里多了一瓶冰红茶。我清晰地记得，那时候的代言人是孙燕姿，在瓶身上笑得张扬明媚。孙建锋把水递给我，大汗淋漓的我，像沙漠遇见了绿洲，扬起头一口喝光。然后我站起来，听见自己掷地有声地说：“老师，能不能给我一个机会重考？”

所有人都惊呆了。在他们的注目礼下，我走到单杠下，以勉强及格的成绩完成了那次测验。

重新回到地面时，我有种非常想哭的冲动。从小到大，不是没有人对我好过，但这种好，和孙建锋不太一样。

我曾经以为那是我极难过时幻想出来化解尴尬的稀薄温暖，是记忆长河里模棱两可的隐约错觉。可是，今年年底的老同学聚会，在东北念研究生的孙建锋却与我提起来那桩旧事。

“好样的，老同学。当年你那样卷土重来很有勇气啊！”许是混迹北方多时，他的口音居然变成了纯度颇高的儿话音，他的肤色也晒成了古铜色。初二分班后，原本交集就不多的我们俩，更加愈行愈远。

我笑笑朝他举起杯子。那次复试，是我给自己争取来的最后一丝希望。即使我也知道自己不能赢过所有人，但我，可以赢过前一秒的自己。

这就足够了。

体育方面我已经够弱了，爬到一个新高度还是追赶不上别人，甚至未必能达到最基本的要求，但我起码，尝试着去做了。而且我做到了。

我不是一意孤行要证明别人看走眼；我只是想努力去证明，支持我的那一个人，独具慧眼。

至今，我依然记得，擎天而立的大绿荫下，孙建锋转过身去对体育老师一字一句地说："刚才他一定是被你吓到了。这次发挥还不算太满意，不过就这样吧。为人师表，应该多鼓励学生。"

说完他就搭着我的肩膀，离开了操场。他指尖的力道非常大，直到很久以后，他才放手。我的"谢谢"两个字卡在喉咙口出不来，而他，一个人走向了远方。

我不会忘记那个背影。它在说，微不足道，各自安好。

同学聚会下半场，转战 KTV，我和孙建锋坐到了一起，没想到多项全能的他，对我自嘲五音不全，只能坐在沙发上玩手机。我点了一首苏打绿的歌，然后对着全场说："接下来这首歌送给老孙。歌词写得很好，让我想起他从前激励我的那个背影：我若担心我不能飞，我有，你的蝴蝶。"

在聒噪的世界里 静默生长

仿似一阙古老音韵将入梦
仿似一抹将褪不褪颜色
铅华淡落 人潮漫退 再见中环
仿似一晚天际星宿的聚会
仿似一只一只归鸟回家
徘徊路上 流连企盼 再见斯人
抬头仍看见于天空般深邈的寂寞
——《情流夜中环》达明一派

毕业后第一次奉命出差，去上海参加书展。刚抵达机场就天降暴雨，好不容易排到一辆出租车，狼狈地把行李塞进去后发现，车厢内有一股酸馊的味道，而的哥正在放达明一派的这首歌。

“原来香港的歌在内地这么盛行！”

“有什么好大惊小怪的。上海可是国际大都会。”司机傲娇地白了我一眼，显然他在跟着哼，为了显示他对歌很熟还故意抢半拍。问了我要去哪儿下榻，当我报出酒店位置后，他立刻黑线：“这么近啊？”

下车后我才发现，原来对于上海的司机来说 30 块以内都是短途，都没赚头，啊！多么痛的领悟。哦，那馊饭似的味道，就是他的那双不停抖啊抖的香港脚。

我差点想说：小哥，你全身上下除了那双香港脚，看不出任何与国际接轨的地方了好吧！

不过，救赎我心情的，还是那诗歌一样的粤语专辑。从梅艳芳的《似是故人来》，到《沧海一声笑》，再到《情意结》。就算听不懂广东话的人，也能跟着节拍哼得朗朗上口。

直到后来我有机会来到香港，通过层层叠叠的通关队伍过境，身临中环，才发现别有洞天，不止有广厦千万间。

顺着上坡路前行，走到高楼背后，一个原汁原味的香港随即送到身前。中环的石板街名店林立，深受国内吃货爱戴的翠华和九记牛腩，每天在游客口中的点击率不亚于八卦头条。

祖母的表姐当年从潮州的一个小镇嫁到中环，从此遥遥相隔，她说，她最大的愿望就是来香港，看一眼当年的姐妹。只听闻她过得风光，中环是香港的心脏地带，也是港岛开埠后最早开发的地区。她先生是军医世家，不曾亏待于她。

而等我能够抵达这片土地的时候，她老人家早已辞世。剩下的那些族系，都已经淡化了血缘关系，操着流利的粤语，吃西餐，对白粥不屑一顾。可听闻我要来，她临终前还是交代大儿子要替我接风。老人家的言行总是神圣而不可忤逆的，像一道从天而降的圣旨，更何况是即将归西的老人。

我走在那位老先生身边，听他说起这些年来港岛的变化。他的声音因为烟斗的侵蚀显得浑厚老旧，如一架古琴。

想起自己最痴迷香港的年纪，是十七八岁，耳朵里塞着罗大佑钟镇涛李宗盛这些粗糙的男声，听着他们淡然地讲着要退居幕后的话，暗自幻想要去看一场他们的阔别演唱会。

很多人会说，假如有一天，我不再唱歌，请你忘了我。包括王菲。

如今我好不容易有机会来了香港，他们却纷纷涌进内地捞金。

想起在广东念大学时，经常听戴着黑框眼镜的教授用纯正的香港话聊天。聊到八〇年代夏日里最鼎盛的记忆，是阶梯教室的艺术系学生，抱着讲义穿过光线充足的长廊，女生嘴里哼着宝丽金时期的陈慧娴，男生个个装腔作势，用刚变声的公鸭嗓模仿刘德华张学友；也偶尔，你会看到自恋的男生在半掩的宿舍门缝里踩着节拍跳“对你爱不完”，楼下的女生顶着番茄脸作鸟兽散。

刚打完篮球的少年在磅礴晚霞里，用洗浴品冲澡，仔细琢磨竟发现“进口”于香港。饭堂里鸦黑人头里站在角落挑选匙羹的我,听见掌勺阿姨的大嗓门钟声般响起“香港最有名的烧腊饭来喽，要打的排这边！”……这些，都是当时广东孩子特有的福利。

此刻，我感受最深的是，他们的生活虽富足，却并不浮夸，哪怕漂洋过海落地生根，生活方式完成了逆转，也依然厉行节俭。在他们的人生观中，奢侈就像战争、杀戮和愚蠢，都是比一氧化碳还要致命的东西。

所以，没来过的外地人都说香港人拜金、排外、装13，只不过是从少数的港剧和老电影里，对于本土人的一种妄自揣测罢了。他们接受过英国的改造，但也保留着大陆习俗的大部分原貌。

这个世界就是这样，你在桥上看风景，看风景的人在楼上看你。人心的改朝换代，速度远远超过于一座城。

如今，中环已是香港购物天堂的地标，游客会随随便便因为被扒一只钱包而损失惨重。但石板街依然像黄耀明唱得那样，蛰伏成一阕古老音韵。没有粉饰的繁华跟升平。这区间如同一艘渡轮，承载着大都市后的慢生活部落。那些迅速国际化的地方，它们都在向前奔跑，只有这石板街站在原地衰老。

后来，我坐了上山的缆车，乘着山上的夜风，云朵近得似要在头顶炸开。那时候的心，就如小小的寂寞的空罐子，夜风一吹就呼啦作响。我说，原来香港跟我现在工作的广州，差别真的没多大啊。

大海里的水，陆地上的土，小香港在崛起中显得诗意又破败。伪风华必然速朽，真风华无须缅怀。

脚踏实地之下，幸福来得不突然，也没那么容易幻灭。你的左眼看到中环的闪耀，也记得腾出右眼记住她的苟且。漫步人生路的时候，我从来觉得青春无悔，因为我宁愿沉入谷底，也不漫步太空。琼楼玉宇，只适合展示给外众。面对自己，还是要带着惶恐与谦逊。

这是香港中环带给我的洗礼。卸下防备，卸下妆容，在聒噪的世界里独守着一份清淡的安稳。

给对香港有意见的人看，给对香港有意思的人看。

记我们单纯的小美好

【光阴会替我们记得】

没事的时候我喜欢浏览老秦的微博。

我会告诉你“雨后泥土的芳香”其实是放线菌吗？我会告诉你晒过的被子上“阳光的味道”其实是烤熟的螨虫吗？还有吗，吃甜品的雪蛤其实是青蛙的输精管这种事情估计没几个人知道吧……

我真想在他那长满草的秘密基地留个言：学生物的就是变态，专门研究旁门左道的东东。

十年淘沙，现在所有异性的亲戚里我最爱他。虽然不很热络，但童年时代共度过一段不长不短的时光，恰是人一生记忆能力最丰盛的时期。就是那些日子,常能唤醒人单薄青春里最纯白的开端。

所以如果我妈没有生那场病，我也不会背井离乡寄住在他家，那座古朴的海滨小镇。

所以我会记得，动作片和惊悚推理片一直是老秦的心头好，他常常半夜偷偷起来蹑手蹑脚开电脑，第二天却在课堂犯困。那时候的快乐很低廉，只需要捞一桶鱼就能得瑟上两三天。

所以我比任何人都清楚，小时候他喜欢做规划按部就班，往大了去却喜欢冒险刺激的人生。也曾经，我对他许诺，任何时刻，我无偿开放拥抱跟小金库，如果他考研究生家里不同意的话。

只要他要，只要我有。

【不靠谱代言人】

老秦并不老，可我这么喊惯了，也改不了口。

老秦在上一辈看来，从小就没辜负过“不正经”和“不靠谱”的代言人这种称号。

老秦在中学文理分科孤注一掷选报生物的时候，遭到家里的一致反对。原因无非就是那样：不像金融那么刚需强烈，不像法律那么有求必应。生物是什么？在大家眼中就相当于提前代言了一个不靠谱的职业。你上大学最直接的方向就是找工作，而生物方向水很深，这样的学科泛而不专，感觉什么工作都可以做，但什么工作都做不好。

那段时间，我看得出表哥萦绕在孩子气五官里的为难，跟我视频的时候他自嘲："顾曼啊，你看我现在房间关着灯就好像看到了自己的前途。"

可惜他倾诉找错对象，我是个扫兴专家，非但不会说好听话，还擅长落井下石，立刻回了句"老秦别太乐观，把视频的灯关了才是。"

该死的，我明明想说，大不了回家养猪种地呗。

小时候在二姨家住过一段时日，他跟我们玩过捉迷藏，我找了个草垛躲好了，结果蹲到脚麻他都没找到我。眼看着天黑得像块抹布，我不得已起来找他。结果，遍寻不见，回到二姨家才知道他数到十就回家睡大觉了！

二姨这人臭美，喜欢自制什么黄瓜面膜、花瓣浴，从洗澡间出来无比自信地问专心打游戏的老秦："我脸上还油不油？"他光速看了一眼又回到原来的游戏模式，回答却是"蚊子都可以在上面溜冰啊！"

"嘭！"二姨差点就学红太狼的必杀技，抽出油锅把他脑袋砸成兵马俑。他一边举械投降一边委屈地喊道："我的意思是很滑，不是很油！”

答非所问,遭罪也是应该的。被说是个“网游瘾君子”他却不爽,不敢顶母亲大人的嘴直接把我这个表妹当炮灰：“哪像你们女人,天天看穿越剧，看到插座和鼻孔都幻想成是会把人吸进去的洞。”

微博就是他内心的照妖镜。他很快在五分钟后不负所望地更新了：永远不要和父母杠上，因为你吵不赢的时候只有挨批，当你吵得赢的时候只有挨揍！时下所有的美容产品广告都是在比赛 PS 技术和说谎能力。弄同一个人两张脸一张 P 过就说是美白后；或者弄两个不相干的人说第二个是用了产品之后。

老秦的爸妈都是家里的一把手，自然强势，老秦不能也当不了砥柱中流；我爸妈则比较好“欺负”。

【不浪漫罪名】

别看生物这种学科，虽然不为大众所知，却异常吃香。保健品业、环保业各种各样的行业都离不开它。老秦在外企兼职当食品化验员，活脱脱一出屌丝逆袭的励志电影啊。

因为迷恋生物研究的缘故，老秦爱玩的那款叫《生化危机》的游戏，至今我也搞不清是哪个版本，反正知道他不仅线上狂热，也参加过很多三次元的活动。Cosplay 他还跑过龙套，演了一回丧尸。他天生肤色属于晒不黑的那种白，根本不需要擦粉，戴好假牙往镁光灯下一站直接就是以假乱真的僵尸。

毕业前后的两年，他简直把课题当成自己的孩子，把实验室当做自己的家。我曾经被他家人鼓动，出马试探性地“拷问”他：“老秦啊，你每天神秘兮兮的是不是背地里在搞病毒研究啊？别世界末日没来，到头地球人被你灭了。”

我这句话的意图无须言表。他玩的游戏出了卖座的电影，漫画也越来越火，可他在虚拟的集会跟大伙儿一块庆祝的时候，却仍然在真实生冷的世界中形单影只。

“下辈子当筷子就不会单着了。”

“下辈子的事情谁知道呢？抓住眼前才是实在。”我觉得这人口风很紧，不甘示弱。

“哥跟你说个趣事儿。以前我们摸底考，我写了个‘百度一下你就知道’就交了，结果发试卷的时候老师写‘百度让我喊你妈过来谈心’。”

现在的他，面容清俊、衣着雅致，跟毕业合照上那个倔强、笨拙的小屁孩简直像两个人。他当年入学比别的小孩小两岁，有点孤僻但却热衷于养小动物，小蝌蚪小金鱼这种温柔系就另当别论，七星瓢虫和蚱蜢蟋蟀这种也太寻常，小女生直接被他藏在包里的小花蛇吓哭过。

顺藤摸瓜这么想来，他报读生物也是意料之中。重点在于，他是生物杀手啊！养的东西寿命从没超过一个月。

所以他一直单着的原因，大概就是他太学术挂，不够浪漫不晓得怎样讨异性欢心吧！

【太正常了，不适合我这种外星人】

老秦第一次被女生倒着告白是在17岁那年。

其实在城市，不到30岁的男人都是瑰宝，只要家世清白身心周正就很容易成为抢手产品。可皮毛雪亮的老秦，竟然还沿袭着从小容易急速脸红、讲话结巴的“优良传统”。见到那女人第一时间就大脑短路，无边落木萧萧下，两人对面嗑瓜子。

老秦说，后来，他唯一能做的，就是打了个车送那个女孩回到她们学校的宿舍，再自己坐公交车回来。除了单车，在禁摩的汕头，没买车的中学生出门大抵只有这两种选择。

当兄弟们像八卦娱记一样围上去盘根问底的时候，他说了句“那姑娘太闷太正常了，不适合我这种外星人。不过话说回来……不知道我是适合当爹呢还是现在睡眠变浅了，睡在我单位宿舍下铺的‘孩子’蹬被子，翻身我都知道。”

“那就赶紧找个同样不靠谱的人，把你给收了吧！”我总结陈词。

老秦对我说过，其实，那一年，我是有想回田野找你的，可我妈路过听见我在报数，看我满身是泥巴不由分说就把我拎回来了，我除了睡觉只能睡觉。后来我在被窝里催眠自己：你那么聪明伶俐，铁定没事的。老秦说，别人可以说我不靠谱，但是你不能。

“谁说没事，你没见我当时哆嗦得像只山鸡！”

那些陌生领域，安分守己的老秦从不去掺一脚。老秦只在自己擅长的三分地里发光发热，像一盏节能灯泡。他看似不靠谱，不浪漫，却能把生活过得像电影那样百滋百味。跟他熟的人，他的不按常理出牌反而让人心安，他的冷笑话让人如沐春风，和他在一起常规陈旧的日子不再是单调的旋律。说像做 SPA 一样舒适也毫不夸张。不熟的人跟他对接，就好像穿了一件自己气场压不住的昂贵名牌衫，反而巴不得落荒而逃。

生活有时候难免给我们设置一些难题，有的只是抛个硬币就能解决的小事；有的却难得像奥数题，面对的时候我们总是会犯选择恐惧症，老秦用实际行动告诉我：只要肯用功，再冷门生僻不被看好的人生，都可以牛气哄哄。

微光冷雨

表妹熙熙考上大学的消息传来，我甚是替她开心。虽只是一所普通高校，但也保持了她平常模拟考的一贯水准。

后来和母亲买了水果去她家做客。饭桌上母亲笑着说，咱们家族又多了一名大学生啦，将来你一定比你爸妈都有出息。我们这代人没什么文化，培养出个大学生不容易啊，你要加把劲。

熙熙和姨夫姨妈对视一眼，一家子笑容里淌着蜜。这时候有个人拿着碗进来，小姨介绍说这是邻居李阿姨。李阿姨扒了两口饭，问，你们家熙熙考上什么大学？小姨刚说出校名，她立刻露出鄙夷的神色，“哦，这个啊！不过除了名牌那些，其他哪里都差不多了。你没看新闻说现在很多大学生根本找不到工作吗？”

气氛一下跌入冰窟。如一汪碧波，前一刻还清澈透亮，转眼立刻被倾尽一缸墨水，浑浊幽黑。

后来熙熙难过地告诉我，其实世界并不友善。

我将绞尽脑汁准备好的慰藉拱手相送：“能被新闻当做话题来讲，本身就是对大学生存在价值和意义的一种肯定。”她看上去终于有些释怀。后来熙熙睡着了，我又要转头去安慰沉默着看综艺频道的小姨和姨丈，因为那边的爸妈显然力不从心。

每一个精致美好的女孩，都值得被善待。每一分努力追求理想的心态，都不应该沦为笑柄。在这个没有秘密的时代，我们每个人都有软肋暴露于人前，或是身高，或是情商，或是家境，或是能耐。青春充满鲜脆的伤口，哪怕过路人手中没有良药，也可以选择静默地祝福它早日痊愈。

互联网时代让一些因冷嘲热讽而发生悲剧的案例浮出水面。莆田市二十七中一位高一女生，因为被男同学嘲笑体型过胖而在课间选择服药自杀。离开前她写了一封信给好友小可，“你知道我是多么希望快乐地活着，希望他们能够不用那种口气和我说话……我真的好累，好想躺下去永远地休息……”

或许，你可以指出是这个女生心理受压能力太弱，但反过来想想，别人又有什么权利，对一个同龄人的身体指手画脚、小题大做？换做是你，未必也能宽容通透。

世界上最遥远的距离，不在于地球两端的南极北极，而在于人心。每个人因理解偏差，想法千差万别，如果不能达成共识，也要管住自己的三寸毒舌，稍作休息。落井下石的事，烦请交给命运。

还好，我所遇见的这个世界还不算太糟糕。清晨沿着江边奔跑的时候，迎面走来的遛狗老人会给我一个雾霭色的笑容；失意孤独时，父母发来的安慰短信像一块入口即化的蛋糕；作文比赛发挥失常，老师走过来拍拍我肩膀，说以后一定可以更好，我们还有下次；和朋友约好了一起周末去厦门，自己却头晕眼花订了提早一天的机票，因为特价无法改签，愧疚得不知从何说起，以为对方会生气，结果她说，你先去看外面的世界，我在这里等你回来。

我相信，从开始到现在，你的身边也一定接收到来自不同人绵绵不绝的温度，像一个散发着无尽光源的庞大星系。有他们在，所有的煎熬都变得不那么难熬。有了最贴心的守护，也就变得不那么在意陌生人的刻薄想法和异样眼光。

当然，也不是没有见证过同学因为口舌之争和泼他人冷水而斗殴的场面，有时候是男子单打，也有男女混双，异常壮观。脾气文静、书卷气浓厚的文娱委员阿翔曾经就出人意料地和一男生交手。当被劝和，绯红晚霞路过他们年轻的脸庞，上面写满了困惑：此刻彼此的尴尬是真实的，被别人轻蔑时燃起的冲动和愤怒也是真实的。后来他在博客日记里写道：这件事让我懂得，两方相处就是坐跷跷板，不考虑到彼此的感受就无法玩下去。自尊心的地位没有高低，起起落落之后，最高的永远是中心那个点。

我们都在朝着日光的方向奔跑，内心不够笃定不够强大时，总会被流言蜚语击垮。但，答应我，纵然天下倾盆大雨，纵然世态冷若冰霜，我们都不要被浇熄心中的焰火。求学、挣钱、行走。坚守、离开、守望。只要你觉得有意义的事情，对的事情，都不要轻易放弃。对于伤害，一笑而过就好。而若是逆耳箴言，当然也要心怀感恩地放进行囊，带着做到悬崖边上紧急刹车的急勇，下一段路一起启程。

不爱收拾的女孩
没有好结果

我的堂姐小媛，生完小孩后就辞掉工作，自己在家全程开启女佣机器人模式，每天包揽大小家务，以为这样老公就会感恩戴德。可是，后来她才知道，老公和美女助理每天都在外头“加班”谈恋爱呢。

当堂姐十万火急地去现场抓奸时，这对男女竟然一脸悬壶济世的浑然正气，姐夫更指着她说：“你也不检讨一下自己，每晚穿着睡衣在小区跟大妈们跳扇子舞，你现在这个样子，种马看见也不会有性冲动好吗？”小媛真是羞耻得想自挂东南枝。

堂姐对我详细还原了当时的画面，她还天真地以为，是自己这个全职太太哪里做得不够好。

渡边淳一有句话说：“世间所有的胜败争斗，最痛苦的并不是失败之际，而是承认失败之时。”我决定狠心捅破那层纸——虽然男人改不掉追求新奇和刺激的臭毛病没错，但如果把自己当成免费佣人，每天只知道操心家务，岁月静好相夫教子，被家庭和婚姻一口吃定，久了就会变成一块被榨干的海绵，毫无美感和内在可言，成为男性荷尔蒙终结者。丈夫们当然按捺不住投奔外面百变大咖秀一样的世界洗眼去了。

或许人类还没进化到位，这是一个看人先看脸的世界。曾经某大刊发起一项大型封面调查显示，85.6% 的男读者会从报亭带走一本封面是美女模特的杂志，用话题人物和丑女，退货率居高不下。看吧，连买本杂志都这么外貌协会，女人又怎能要求一个男人看着一张眼袋硕大、面如菜色的脸，反而兴奋呢？话说回来，你看个电影，颜像吴彦祖和杜海涛的男主，你挑哪个欣赏？

科学家说：看见美女，男人大脑中掌管快乐的区域会活跃。每天凝望美女 10 分钟，相当于做 30 分钟有氧运动，寿命延长 4-5 年。面对漂亮女性，男性精子质量大幅改善。贤惠独立的主妇们婚后因为容颜憔悴失宠的故事，如果拍成电影，根本不需要像《小时代》那样用 PPT 拍，直接用 gif 拍，命名为：一个女人从风光到枯萎的动态图。最后老公爆出偷腥，恨不得自挂东南枝，强颜欢笑的活法比死相更难看。

在贤惠与朴素之余，来点鸡血，来点为己为人的保养，保证存在感三级跳。像公司尾牙，部门固定巡演的节目再精心编排也永远没抽奖环节来得激荡人心。

当然，如果你信奉即使一个人再邋遢也会有另一个更邋遢的人会一直死心地爱着你，愿意与垃圾堆为伍的人，也只能说，你是个壮士。

如今我们终于长到了爱谈钱的年纪

最近我经常在追看一个微博。每晚八点，那个账号都会及时更新博主跟那个叫孙耀安的男人的故事。我也不知道自己怎么就偷偷关注到那个账号的，只有7个粉丝，用鸣人做头像，估计没加什么熟人。如果不是刚好我也习惯性失眠，我根本不会点开。但抱歉，我不想别人知道这个账号，你知道世上有一种感情是有独占欲的。

我还记得那天，1月28号，他的第一条长微博说自己是美发店的总监，孙耀安经常过来帮衬生意，总是凯哥凯哥地叫他，还批发点护发用品回去他的淘宝店里卖，两个人的关系慢慢变铁，无话不说。有一次他问孙耀安为什么只点他剪发（指定发型师会比随机分配多 5 块钱的收入），孙答道，你有一双漂亮的大手，摸着很舒服。感觉像回到小时候，我爸帮我剪头发。他听到这话，觉得有点小伤感。于是记录了下来。

盯着屏幕洋洋洒洒的宋体，我猜想，因为博主和那个孙耀安的父亲是同行，所以两个人的感情才比较深厚吧。毕竟博主的店里普通发型师剪一次头发 38 元，但他要 128 元。

博主说店里很吵，除了他没人听到孙耀安说他爸三年前出轨了，但他要证明自己一个人也可以让母亲过上好生活。上个月他刚买了郊区一套小两室。

看到这里，我未免有点失望，平淡的生活太需要刺激，可博主经历的不过就是一个司空见惯的单亲家庭案例而已。

等到 2 月初，博主终于又更新了。他说，收房那天，孙耀安问我有没有空，邀他一起去。如果去的话他就在体育中心地铁站等我。我说可以啊，然后跟老板请假谎称感冒。幸好我当初放弃了合租宿舍自己出来一个人住，不然一定会被八婆同事揭穿。

我想起博主以前就发过微博说自己月收入过万，却每个月都吃喝玩乐败光，顶多也只剩零头。所以现在他很佩服孙耀安，毕业三年就买下了一套房子。

他没想到孙耀安会把另一串钥匙塞给他。他说，没办法，我遗传了老妈的忘性大，万一弄丢了还可以找你。

博主说反正我也买不起，一辈子就这样过了，拿着一串钥匙意淫一下也不错。孙耀安白了他一眼，说，你不会现在就打算养老了吧，你才多大。好好努力。

已经深夜了，我看到博主还在不停更新。而他所好奇的事情是，孙耀安自身的资本又是什么呢——除了五官清秀一点，个子瘦小，只是在民企上班当小工，为什么忽然一夕之间，就有资格站在他面前说什么“从今天开始，终于有一个屋檐，完完全全可以由我做主，不用被房东挑剔，被极品室友吵得睡不着了”，这不是在刺激我么！我怎么会不知道！我这次刚搬完的家，二房东口口声声说得比白宫还诱人，刚住进去第一晚就在床底发现了大老鼠！

我觉得，博主那一晚的心情应该比较复杂。因为他唠叨了很多，在网络这样虚拟的王国，确实很多白天讲不出口的话变成符号记录下来，隐秘地存在着。他说他伪造了获奖的证书当上总监后，每晚就对着最廉价的假发恶补技能，白天又用舌灿莲花的本领，忽悠富婆烫头发，再把一瓶几十块的护发素吹成神水。

每一笔黑心财背后，都有一个被宰得闪闪发亮的土豪。

为了让名媛们深信不疑，博主将更多收入花在穿戴上。

说到底，我也觉得成人世界就是一相互忽悠的食物链。男人忽悠女人，业主忽悠房客，领导忽悠员工，就连我这个人类的灵魂工程师，不也在忽悠祖国的花朵们吗？我站在讲台上微笑着跟学生们保证，每一道题，都是考试的重点类型代表。只要考上好大学，后半辈子就不发愁了。

我想，博主跟我好奇的应该是同一个问题：孙耀安那么一大笔钱是从哪来的呢?

不看下去，就不会有答案。

博主看到孙耀安在朋友圈里说除夕要加班，他决定去看看。他说，如果我从单身汉家里搜索到一些女性用品，十有八九说明他是被包养了。可是我错了。当我打开门，里面确实有女人的东西，确切地说，孙耀安整个房间都贴满了一个年轻女孩的照片。她衣着廉价，看上去一点也不像白富美。没有收获，博主不厚道地顺走了桌上那个。

有意思的是，相机视频的男女主角，就是孙耀安跟照片上的女孩。博主像一个偷窥秘密的人，看着他们热恋、冷战、分开。而我，我又在他们的世界以外偷窥着他。

他写到，女孩埋怨孙耀安太无趣，不去电影院，在KTV也只会埋头玩手机，买淘宝货给她穿，说店家信誉好就行了，不比商场里的差。他们两个相处起来磕磕碰碰，孙耀安最后终于受不了，他说，你滚吧。视频有些模糊，咔嚓一声之后有一些晃荡，然后黑掉了。

博主的描述太形象了，以至于我蒙上被子闭上眼，都能想象到那个叫孙耀安的人在那一刻铺天盖地的绝望。他伸过手来，亲手摁掉原本渴望记录幸福的相机。

二十几岁的年纪，原本应该不会不相信爱情。但博主认识的孙耀安做到了。

2 月 14 日当晚，他下班已经深夜十一点多，约孙耀安出来吃烧烤。孙耀安说，两个大老爷们，什么时候不好约，偏偏选这个日子。但他还是来了。

酒喝多了，他就变成了话痨。他说，一个人在外地打拼，花钱别太大手大脚，好好存吧。你不知道吧，大学我就接了几份兼职，毕业后一边工作还要经营网店，吃的都是营养不良的盒饭。不怕你笑话，穷人的钱还真是跳到油锅里一点点炸出来的，渣都不剩。研究投资，研究如何钱生钱，生活就是有把人逼上梁山的本事儿。可能你觉得我老是钱钱钱的，好俗啊。但存款才是属于你的，谁也拿不走。我从来不期望从别人身上捞得什么或是占点便宜，要什么施舍，包括，爱情。

他说，女人果然是很麻烦的生物。我跟前女友在一起的时候，觉得整个身体都是紧绷的，像搓过洗面奶那种感觉。现在不一样了，失恋了倒没想象中那么痛苦，反而松了一口气，可以一心一意工作和生活了。那女的跟我分手以后，就跟了一个离异过两次、但很有钱的钻石王老五。

起初孙耀安也很想报复社会，去他的婚礼闹腾什么的。但后来还是想通了。他还说，遇见自己真正的朋友就忽然明白自己喜欢这样的人。说话不吃力，形象不用去顾及，没有让我要配合着作假。

他说，你就是这个人。

看博主写到这里，我莫名其妙地好想尖叫。这两个男人的感情好像有了质的升华。

“事事不愿示弱，样样都想去争。到头来还是一场空。千万个不甘心，无奈天注定啊。”

博主说他没有告诉孙耀安，他见过相机里的女孩跟那个男人，从他们第一次进他的店他就盯上他们了。看得出是块肥田。果然，他们高傲地环视一圈，最终坐在了博主的 VIP 座席上，一口气充了三千块的美肤养发卡。

博主形容得很有画面感：就在今天，他们来做头发的时候，她跟老男人上下其手旁若无人的时候，我大步流星地冲过去朝那张化了浓妆的脸吼了一句：还记得孙耀安吗？我是他的朋友。他没有做错任何事，他不过就是因为比你矮。他更多地爱着你，所以比你微小，任你摆布。不知好歹！打住打住，这只是我脑海里的假想而已。我并没有这么做，因为会丢掉饭碗。我想孙耀安说得没错，只有那些存折卡上的数字，才是实实在在不会背叛你的。

他给他妈妈报了旅游团享清福，我妈还在家上班。

他完全靠自己的智慧和勤奋买房，而我还在月光。

那个微博最后还是被删得只剩下了一条。可能他觉得，这个事情到了这里，也算有一个不错的结果。

我有十足的理由相信，以上这些都是真人真事。

为什么我那么肯定呢？因为博主就是我。我每天像写日记一样记录着孙耀安的点点滴滴，回头再去看已经是另外一番滋味了。我们萍水相逢，却用这点相逢，一点点参与了各自的生命。

吃烧烤那个夜晚我对那个沮丧的大男孩说，哥们，有些人就像你点开视频前必看的广告，没法去掉。一来用以缓冲你过度急迫的心理，二来告诉你没有什么好事是不需要经过等待就能不劳而获。没了它，你不会知道后面光临的人有多值得珍惜。那女的嫁给了一堆钱，也不会有多幸福，相信我。

孙耀安好像一夜之间就开窍了，对我说钱就是赚来花的。我有手有脚，身体健康，千金散尽还复来。我们一起去任贤齐的演唱会怀旧一回好不？

排队买了票，距离开场还有半小时，我们在商场里乱转，孙耀安看到莫文蔚代言的相机广告，忽然说，我最近收拾房间发现自己丢了一个老相机。不过，是个便宜货，没打算找，可能是天意吧。

我笑了笑，假装什么都没发生过。这个男人跟我听过同样的老歌，追过一个年代的明星，用过一样款式的手机，我们被称为垮掉的一代，但我们趁着年轻，用各自无所畏惧的冲劲把倾斜的生活一点点扶正。

孙耀安兄弟，愿你每一天醒来，眼睛里盛满阳光，臂弯里仍有爱与希望。

女王归来，江湖闭嘴

有个从小很没男生缘的小姑娘。她是我的邻居。

矮矮胖胖，四肢很短。走起路来有点像只企鹅。

说话也不利索，被老师点名站起来朗读课文，音效就如同锯木头一般断断续续。

男生缘极差，偶尔有几个女生愿意跟她玩，也是心机很重的女同学，只不过为了显示出自身外表的优越性，造成视觉上的落差。

她很努力，但成绩一直处于中下游。她很和善，却经常被男同学当笑柄。

就在大家都以为她的人生会一直平凡平淡下去，甚至带着一点可怜的“杯具”色彩的时候，长到了十八岁的她，居然被一个杂志封面摄影师相中。对方惊艳地称赞她“气质独特”。

“哦,确实丑得很有辨识度。”几个男同学不怀好意地哈哈大笑。后来那张封面图出来了。照片上的女孩单眼皮，大红唇，留着一个松松垮垮的发型，腮红很个性，踩着一双蛋糕鞋，眼神冷得可以杀死人。

平心而论，她确实不像其他模特，和那些美则美矣，飞去韩国流水线加工制造回来的美人相比。她很有味道。

她火了，居然有杂志的读者自发给她建立粉丝群。

这时候，有个自诩幽默的男生终于在微信里调侃道：“就算是便便，也有屎壳郎喜欢。难道我们，比便便还不如？”

再后来，她得到朋友引荐，从平面模特变成了时装秀场上的模特。

各位看官可能会笑掉大牙。什么？模特？捏造的吧！

现在的社会确实包容万象。Gay 也好，胖子也好，TF-boys 那样的童星也好。连鸟叔、小苹果那样烂俗的广场舞音乐，都可以一夜成名。

凭什么一步一个脚印、自己努力往上生长的姑娘，不能红？天理难容。

就连“呆萌”这样的属性,都似乎变成了她与生俱来的加分项。

丑小鸭可以当白天鹅，那是因为它的父母本来就是白天鹅。

胖企鹅也有春天，那是因为胖企鹅没有一心一意想变成白天鹅。她知道那不可能，不现实。所以她继续坚持着自己，有原则、有规则的美。

在这个看脸的世界，丑也能找到自己的安放之处。否则，黄渤王宝强们早就灭绝了。每个人心中都曾有一个拉风的齐天大圣，最后变成了取经的孙行者。

每个人，只要足够明确自己的与众不同，并将它发挥到恰到好处。大抵，都会有个好结局，好到让自己都受宠若惊，诚惶诚恐。好到，让江湖闭嘴，让观众闭眼。

做你自己，何时何地

高中时，买了人生中第一部翻盖手机，银色的，像深海里某种珍稀的鱼鳞。那时候同学当中有手机的并不多，后桌见着新奇，经常借去玩游戏。于是还回来的时候基本就电量告急，经常要在晚修的时候放到教室前方唯一的插座去充电。因为那时候，我睡前有与好友互通短信的习惯。

本来我会一直这么做，一直借别人玩下去，直到通关，但突然有一天，教室后排的男同学问我借一篇高分作文去看，我去拿回来时，经过倒数第七张桌子，那张桌子的两个主人同时发出了一腔冷笑的声音：有手机了不起啊——天天拿出来晒，天天放到教室最前面充电！唯恐没人知道！

我惊呆了。他们竟然能够想到了我从来没想到的一面。而且，并不是什么值得深究的小事，突然就被搬到放大镜下，突兀而不合时宜地出现了。更滑稽的，是他们竟然认为一部一千多元的翻盖手机便有炫耀的价值！

这声音的主人，还是男生。从那以后，谁再敢打包票说八婆这种产物只存在于女性中间，我跟谁急。

我写起这件往事，并不是还在记仇，我只是想说，在你们的漫漫人生路上，许多事情不管你做得有多好，出发点有多无辜或者善良，依然会有人品头论足。你做的每一件事，旁人都可能会为你的一举一动添加上自己的注脚。好比，每个人大脑库存里都有属于自己的 ps 软件，你的所作所为被他们加工出来，让世界存在一张不同的照片。若将那一张张照片打印出来，便是他们眼中的世界，也是世界铸就的他们。

因为，你和他们不是一个世界的人，所以他们不懂，没关系。你大可一笑置之，像 FIR 的老歌当中唱的那样，“感受爱感受恨感受原谅”。这并不妨碍你有做自己的权利，别人笑你太疯癫你笑他人看不穿的权利。而你脚下的路，并不会因为他们的只言片语，就长满荆棘。

如果可以回到过去，我唯一想做的，是想给当时那个手无寸铁的自己一个结实的拥抱。但回到当下，我确实有资本，可以晒更多令人羡慕嫉妒恨的东西。而明智的是,我不会晒。更明智的是，我从来就没有拿说出那种话的人当朋友，只是途经的路人甲。因此他们脱口而出的话，才没有像利剑一样击中我的要害。

流言更多时候，会成为强者胸口的勋章，一路走到远方。

暗恋是世界上最亏本的买卖，喜欢就要机智地说出来

我的好友光环先生最近在聚会上发表了一席高谈阔论。

本来他是话不多的人，但那晚他生日，一高兴喝高了，于是在几个陪他倒数庆生到最后的真心朋友面前开始聊得很开。在所谓的下半场，光环先生说，现在单身的，一部分人是太挫找不到对象，另一部分是太优秀了，找不到看上的，偶有看上的，最后相处也满满都是失望。说实话，想要小孩可以领养，干吗非得找一个人来让自己下半生不得安宁呢？安全感不够，对象来凑。

当场每个人都陷入了深思。说白了，光环先生觉得自己现在一个人也挺好的，可能越走越远。慢慢走，慢慢找，找到也慢慢爱。不过我们都想，奔三的女孩大多被父母逼疯，相处半年就逼婚。甚至，有一对情侣不认同光环先生这观点的，开始找借口迅速告别，隐身在夜色里。

光环先生是我们私下给他起的外号。怎么说呢，光环先生靠自己的能力在这座城市里混得风生水起，已经是总监级别的人物，带领一支十来人的团队开拓网购市场。性格、生活习惯也没有什么可以诟病。高富帅理应配白富美，但试问各位，你们身边那些娇生惯养的女神哪个没有公主病呢？看看《非诚勿扰》就知道了。其中的大多数姑娘，连在朋友圈发个照都要来回磨皮数遍把自己搞得特假特像 SD 娃娃，好像好友们没一个见过她真人似的。这样的人，光环先生是不会正眼看的。

光环先生父亲的胃癌诊断书成了他我行我素的终结者。他是父亲一手带大的。出于孝道，他不得不像物色临时工那样，风风火火地物色了一个对他有热烈好感的女士（据说那位幸运小姐后来兴奋得几天睡不着），陪自己一起飞回老家探视住院的父亲。在病号面前，他们情比金坚地握着手，朗诵生死相依的誓言，幸运小姐和围观的护士妹妹都感动得要落泪。光环先生心底却比谁都清楚，他不会爱上眼前人，只有感动和怜惜。

父亲过世后，光环先生找幸运小姐谈话想和平分手，提出补偿方案，幸运小姐却摇摇头，说，不需要抱歉，这两个月是我人生中最幸福的时光，但我知道这一天迟早会到来。这是等价交换。

光环先生对我们说起这段往事时，认为自己是幸运的。至少对方没开启变脸撒泼模式。他甚至说，友情就是在那个瞬间突然消失了。他觉得，他可能低估了这个女孩，她似乎是座宝矿，值得好好挖掘。

所以说，很多感情，假使一开始的时候就带着极强的功利心和目的性，往往难得善终。你在对方身上寄托了太沉重的厚望，结果当然失望而归。就像围场狩猎，打不到山猪也勉强拐只兔子回家，哪怕兔子不是你最想要的。我本将心向明月，奈何明月照沟渠，你就揣了颗珍珠回家。好的爱情，真的是少有勉强的。就像幸运小姐，自己隔着一段适当的距离，让你知道，我喜欢着你，却不主动。但不能藏着掖着暗恋，那样就太不划算了。等他有需要主动找到，依然表现满分。他意料中地有所冷却，你也表现出好修养。慢性子的人，适合让细水长流来收入麾下。这当然不是什么圣母养成手册。而据闻一位幸运小姐跟我有共同交集的朋友分享，哪怕家境不错的她发现光环先生那个城乡接合部的老家不如自己想象中光鲜，也淡定优雅，甚至主动帮忙家务和整理。就是那一段岁月，年少丧母漂泊许久的光环凝视着她的背影，突然有了家的感觉。处理完父亲后事，光环先生忽然跟公司请了三天年假，决定和她一起旅行。

此刻处于爱情试用期的幸运小姐没有买一副手铐锁牢对方，但我相信她终将不辱使命。

闷骚的人喜欢说什么“我喜欢你,是我一个人的事,与你无关”，其实是不愿意去面对和承受很可能失败的结果。但哪怕告白失败，还有后路。暗恋是世界上最亏本的买卖，喜欢就要大胆说出来。毕竟你不说，人家怎么知道呢？人家不知道，当然会错过了。

成长，但永不变老
变老，但勿忘初心

我的朋友小雨去过一个神奇的地方。

在那里，当地居民会问："用我的一千米绒布，可以跟你换一个手机壳吗？"

同学的先生从 17 岁追她到 27 岁，家里人一直反对，直到最灿烂的十年呼啸而过，同学的无名指上终于套上了先生送的对戒。

地球上的跨度和经纬，我们永远无法用一辈子去看完。但是，我们可以拍下那些良辰美景，可以分享当下最真实的心境。

生命中最爱一个人的那种情怀，我们永远无法再复制粘贴给第二个人。所以，我们需要文字去记载，去传承，去共鸣。

谁能胜任这样的角色？微博，日记，光盘，还是光凭记忆？

我想，是杂志。1900 年，索非亚为世界带来了一句浪漫的城市座右铭："成长，但永不变老"。我想说的是，我们无法阻止变老，但可以勿忘初心。

小的时候，我们的世界小小的，树很高，天很蓝，父母的脑袋要吊高手才能碰得到；收音机里的歌不知道名字很焦急，却没办法倒退去听。长大后，个头高过父母，朋友散落四方，网络可以随时搜到几年前的节目。但是，却再也找不回当时的情愫，再也无法静下心来听完一首不快进不早退的歌。

但我们对天发誓，我们对于杂志的热情，从来没有冷却。我们在大雾天提着灯，迫切想要找到那些依然相信爱情、钟爱文字的同类。

至今，我们像一群落伍的人，我们继续书写，继续在纸浆上寻找存在感，在翻飞的书页里做梦。我们烹饪文字的过程，像从一片精肉上沿着纤维切割下口感最佳的部分，制热后端到你的面前。

就像爱情只留给愿意相信真爱的人，《有爱》也只青睐胃口相投的你。

准备好了吗？开动吧。

你值得过更好的生活

——与其等待，不如改变

成长是一段勇敢走出去的远行

亲爱的鹿君：

你说你近来陷入抑郁，甚至冒出了自残的念头。最后因为怕疼怕丑，没有勇气执行下去。我们都在同一座城市，让我当面开导开导你吧。

木心说过，从前的日色变得慢，车、马、邮件都慢，一生只够爱一个人。你也有同样的困惑，安静读书看报、安静谈风月的年代始终还是过去了，你宅在家中，网络社交圈子看似广阔，其实真正走心的，并不多，孤独时还是找不到人秉烛夜谈，吃饭时还是一个人寂寞地把玩手机等菜端上桌。更雪上加霜的，是你编织的恋爱梦想看似夭折，生活也仿佛玩完。你说，这一切都源于你爱慕的男网友刚刚宣布，他恋爱了。

抱歉，我从来不以人生导师身份自居，但事实上，自从我公布了微信公众账号，每天有两个小时电脑会被各种情感问题刷屏，包括爱情、学业、花销、日常、梦想，也包括朋友、家人、身体……

我慢慢地有些厌倦，厌倦每个人都那么一叶障目，只活在自己的小世界里头，不肯丢下手机去找方法，宁愿对着一个陌生人发出 SOS 急救讯号。让人沮丧的不是遭遇打击，而是遭遇打击后趴地不起的狼狈，和走投无路空喊一嗓门的姿态。

最后，我决定退出那个账号，回归到最初的平静里，哪怕顶着被遗忘的风险。虽然同你一样，我也在网上用文字记录生活，但事实上，我在现实中也有一份满意的工作，与以上种种都没有关联。我不希望走出房间那一刻，自己还是个活在梦幻里的男孩子。

玻璃花房里的女孩顶着一张楚楚可怜的脸，起码还有那么点收视率，但作为一个男生，我身上有着分量更重的担子，沉溺于幻想就更容易沦为笑柄。特别是，生活在这个国家，这片土地上。

那么说回你吧。亲爱的鹿君，我喜欢你的 ID，所以依然这样称呼你。也因此，这是我回复的最后一封信，因为我们的一面之缘。

是啊，大数据时代，每个人仿佛都是数码岛上的原住民，脑袋的另一头连接着电脑、手机、网友，各种劲爆新闻和八卦让他们以为自己融入了整片世界，最后合上电脑，掐灭电源，浑浊的脑袋里其实空空如也。我们这一代，像渐渐被掏空的拾荒者。

和你见面的时候，我吃了一惊。你长了一张过分苍白的脸。因为长期离群索居，头发蓬松，连指甲油的颜色，都是与服饰唱反调的深黄。

“嗨……第一次见面，要吃点什么，我请。”我们在路边的奶茶店面对面坐下，你与网络中的妙语连珠状态完全不同。我可以理解为见陌生人的疏离，你讲冷笑话，你抖腿，努力把自己贴上女汉子的标签，而我了解中的你，感情细腻，嗅觉敏感，绝不属于心无旁骛的范畴。终于你的小动作还是出卖了你的紧张，微小的手抖让一大勺的糖全跳进了杯子里，将清淡的柠檬茶搅出一个漩涡。最后还是我适时打破沉默，一步步引领着话题的走向，你的表情如释重负。

因为一个人生活了太久，你已经习惯了一扇门里面的天地：拉上厚重的窗帘，墙壁成为坚固的保护壳，打开发着幽蓝色光亮的笔记本，那十几平方米的独立小套房便成为你的寄托，成为你通往安全又快捷的新世界的大门。

你厌倦现实中繁琐的交际，厌倦尔虞我诈的名利场，这些都源于你毕业后并不顺心的一次群居生活。你和闺蜜合租，却发现日久见人心，她成了新室友的知己，她们每天形影不离，你感觉被抛弃，被孤立，从此痛恨所有背叛过往的善变生物。

你以为这样就能成为独一无二的自己，无须变得圆滑，无须照顾别人的情绪，以至于你忘了伸出触角，去感受这个世界的柔软与友善。霍金说世界是十一维的，而你的世界，只有这个你的心所接触的两点一线。

我必须承认,我根本没看过理查德•耶茨的著作《十一种孤独》,但却对那段流传甚广的经典语句倒背如流："人们觉得你只能在以下二者中居其一：要么你是条鲨鱼，要么你只得躺在那里，任鲨鱼活生生地把你吃掉——这个世界就是这样。而我,是那种会走出去,与鲨鱼搏斗的人。"

很多网虫，需要观看网络视频、泡论坛、聊天和听节奏强劲的音乐才能疏散心理压力，有的因为亢奋作息混乱，有的更因为掉进网站的陷阱，走上了无法回头的歧路。

其实，这世上本来不应该有这么多心灵上的疑难杂症的。现在,动不动有人遇到点小挫败就跳出来以"我要得抑郁症了"自居,以为这是一件很潮很酷的事情。你和一部分人一样，孤芳自赏，也顾影自怜。大概因为这个占据了全世界三分之一的人口的国家让人生存起来更感到艰辛，所以，每个人都要让自己看上去更像铜墙铁壁，每个人都在虚拟的二次元里哗众取宠：我进入了新的圈子，结识了 XX 界的大神，我发一张 PS 得爹妈都不认识的自拍，好多陌生网友转发点赞……但抱歉，每个“我在网上很受欢迎很了不起”的宣誓背后，都有一股虚张声势的脆弱。

亲爱的鹿君，每个人都以为自己能把日子过成周星驰式电影，或甜心可人的泡沫剧，到头来还是要接受柴米油盐的挑战。那次见面，我并没有立马给你对症下药，是因为想说的太多，而你并不在最好的状态：急于倾诉，怠于倾听——街上随手一抓一大把都是你这样的年轻人。当然，我不是批评你自视甚高，恃才傲物，鄙视揣测别人；只是速食时代，惯坏了每个人。包括我自己。

曾经，我大学时很尊重的学长联系我，他说自己和一群驴友骑着山地车翻越了一条难度系数相当大的盘山公路，在山顶打给我时，他语气激动，信号却稀薄。当时我下意识地问他，这样的壮举意义何在呢？万一死掉怎么办？他沉默了一会，笑笑道，看来你的心开始苍老了。

我承认，是的，我因为发微博被意见不合的陌生网友人身攻击，也在扎堆的社会新闻里接收到满满的恶意，开始有点怀疑人生。当时以为自己韶华正好，所以用各种问题来挑衅青春。不会去想，虚拟世界就算血肉横飞，都抵不过现实的一片落叶。每一遍的胡搅蛮缠，都是对自己和他人生命的谋杀。

学长后来给我分享了一段周国平的话：一个人活在世界上，要有相爱的伴侣、和睦的家庭、知心的朋友，多么忙也一定要和自己的家人一起吃晚饭，餐桌上一定要有欢声笑语，没有这些，就只是一个悲惨的孤魂野鬼。最后他打上我的全名，郑重告诫我，这些高科技都是好发明。但它们的另一头，也通往地狱。

于是，我试着戒掉网瘾，回归现实，脚踏实地的感觉特别让人踏实。和久未联络的朋友重新见面，和至亲说心里话。所有黯淡的时光和沉重的郁结，在告别顾影自怜后烟消云散了。重新映入我眼里的是邻居可爱的萨摩耶，巷子里热气腾腾的小吃店，同学和陌生人足够友善的笑脸。

这样做了，你也会像我一样发现，身边还是美好的模样。最后对那个曾经被网络渣男玩得团团转的自己说一句，姑娘，可不可以，别闹了。

不领情的人，会觉得我有点毒舌。曾经有个人对我开玩笑说，如果你的嘴是一把机关枪，方圆百里内都尸横遍野了。我不这样想。有时候，面对那种连打狗棒都抽不清醒的人，真的需要一颗暴君的心去治理。用更重的刑罚，或者，直接打入冷宫让其闭门思过。在一个人懂事以后，必须有义务学会识相：既然没有一台时光机可以回到高枕无忧的孩童时代，也没有旋转门可以穿越到和平号世外桃源的邮轮上。我们只有在现实社会中摸爬滚打，练就一身好武功。

欲戴上荆棘王冠前，请把你粘附在屏幕上的目光移开，去仰望星空，去凝视万物。特别手痒、难以坚持下去的时候，可以把电子设备交给你信赖的人帮忙保管。我们总要浑身是胆地面对这个风起云涌的世界。学会收拾自己，多几个实用性的技能加持；和一个触手可及的人,谈一段接地气的恋爱。我们是为爱而生没错。但前提是，你有足够丰富的阅历和胆识，和好好爱一个人的能力。这能力不是逼出来的。假如你在爱这回事上，智商和情商都发育不良，还止步于蹒跚学步的阶段，那请好好地，先为活而生。

看过一部日剧，女主角樱和棉都以为自己遭遇到的打击是天大的事情。但幸运的是她们足够看开，并结伴到欧洲去旅行。豪言壮语在他们踏上欧洲土地的那一刻便被击碎。由于忘记将泰国时间转换成英国时间，她们一心投奔的师姐并未出现在机场。她们在失望了一秒钟以后，下一秒钟就投入到新鲜的欢乐中。房间被收拾得明亮整洁，找到了打工的餐馆，结识了热心的老乡，同时利用休息日畅游英国。一部片子看下来,她们难过时依然记得笑，让看电影的人也不自觉地被感染。她们拖着那具鲜嫩的肉躯去抵挡成人世界的沙砾，生活是一面镜子，她们性格中不成熟的一面一一显现。恋家、自负、娇气、耍小聪明……然而她们依然保有最纯真的心。敢爱敢恨是年轻时带着赏味期限的特权。她们完成这些看似难以企及的梦想，第一步便是，离开网络，走出去，在阳光底下开始执行计划。

现在，希望你无须再在网络世界编织着段子哗众取宠博眼球，也不会再为一个虚无缥缈的 QQ 头像伤筋动骨。我们都将以成长的名义，变得足够清醒，独立，像日光下成熟饱满的稻穗一样低着头，不必张扬。

希望有机会再见时，你已迅速成长。

女人一定要舍得花钱，才会相信天上不会掉馅饼

有一则很红的段子，说现在快递员因为双 11、双 12 负担过重容易猝死。老公回头语重心长地对正在逛淘宝的老婆说：“没有买卖，就没有杀害。”

女人都虚伪地发誓再买就剁手，结果她们一个个都成了千手观音。

2014 年年末淘宝统计出消费者最疯狂省份，第一名浙江，第二名江苏，第三名广东。这三大省份有钱任性，简直是马云背后

的女人，将他推上了亚洲首富的宝座。哦，不对，最新的统计结果出来了，李嘉诚把马云挤到了第二。

看来新的一年大家还是要继续给他支持啊。

大学时，有个师妹特别留恋网购，每个月签快递签到手软，好几个快递员都认识她了。

宿舍的姐妹开始跟别人说，谁娶了她，肯定被败家。然而，当别的女生涂着指甲油，花大量时间在用烫发棒卷头发、拍拖的时候，这个单身的师妹从不奢求有个真爱能帮她清空购物车。她全凭一己之力，兼职打工、做家教，各种跑腿去支付一张张雪片似的订单。

在我看来，女人一定要舍得花钱，花了才有动力赚钱。花了才心疼，才会去相信，天下没有白掉下的馅饼，也就没有所谓免费的金龟婿。

女孩工作后，买一件几百块的专柜衣服很正常吧，可是偏偏有些人就在流连忘返之余，安慰自己：嗯，等换季打折以后再买吧！换季的时候想：嗯，等明年出新款的时候再买吧！有了男朋友，就想着：等之后生日再让他作为礼物买给我吧……在尘世间的人来人往中，在与无数妙龄女同胞的擦肩而过中，不舍花钱的人越感到憋屈，就越缺爱，还觉得自己太懂事了，只是被无情的生活给碾压了。皮肤和睡眠也就每况愈下。

女人舍不得花钱的例子，离我最近的就是我老妈。穿着好久以前的款式，我调侃说："妈您这是引领复古啊？"这一餐吃剩的食物渣渣会留到下一顿，再下一顿，接力赛没完没了，胃口越养越小。资源浪费可耻，但过度节俭也是毛病。

无论我如何劝解，她这个跳着广场舞的老一辈都认定钱是靠省出来，而不是赚出来的。在她们根深蒂固的观念中，确实想象不出世界上有人为了能花更多钱，努力赚着更多钱。她们里面 80% 的同龄人会将省了一辈子的钱存到银行，要么在人民币贬值的今天显得囊中羞涩，要么被卖保险卖营养品的骗走。

还有一类女孩儿，对自己的钱包特别忠贞，严防死守，对朋友同事可就特别狠得下心了。一起吃个饭喝个茶，掏半天掏不出钱，饭友着实看不下去了，自己买了单还不好意思问她要 AA，只是以后对此类坑爹生物都敬而远之。而守财奴则一边感到不好意思，一边为自己占的便宜沾沾自喜，就差人格分裂了。

国学大师翟洪生讲过这么一段有意思的话：认真看看你周围的人，那些从小就慷慨大方请朋友的人，到现在依然有条件大手大脚，而那些守财奴越爱毛爷爷，毛爷爷越对他们保持着世界上最美好的距离！内心所向往，能量就能驱动你，靠自己去努力实现它。

但切记，如果花同样的钱买一堆 A 货，那还不如买一样真正穿得出去的奢侈品。《美丽俏佳人》的王婧被捕后，被娱乐专栏作家嘲笑她"家中衣橱鞋柜虽名牌满满但一股 low 气扑面而来"。试想一下，一个衣帽间装着几百样普通单品，还不如就买几件心头爱。靠变换花样博眼球，还不如靠无数人打下江山的好牌子拉高回头率。

我提倡的女孩花钱，不是拿着500块的工资消着世界500强领导水平的费，不是锦衣玉食，不是豪宅香车私人飞机，而是在有限的条件里让自己变得有格调、有魅力，并且，为了保持和延续这份拉风的现状，将自己的事业一直用心地经营下去。而不是整天动歪脑筋想着怎么占人家的小便宜，怎么偶遇高富帅，怎么从男人口袋里得到更多的钞票。

舍得花钱，说到底是会赚钱。一旦有了足够自己花销的存款，再去谈情说爱，一切关系也就变得单纯澄澈，底气十足。

以自己喜欢的方式过一辈子

试想我们来做个试验。

在十个刚出生的小孩里，给他们灌输恶才是美德的观念。那么最后会怎样呢?

等到他们长大的时候，一直不肯变坏的那个肯定会被孤立、剔除甚至被谋杀。

这真是个糟糕透了的试验。好在这个世界还是真善美占了上风。

总会有一些所谓专家或者前辈站出来告诉你，“37.2°C 是最适宜的温度”，“便宜没好货”，“S 形才是好身材”，他们就差说他们自己代表着真理。

我有个朋友的朋友，大学毕业后，姑娘就被家人逼迫跟穷男友分手，嫁给了国企里一个三十而立、比她大足足六岁的男人。男人家境优渥，后来却得了重病，烧光家里所有的钱都还没能出院。姑娘家为了攀附高枝，倒贴了十几万，最无辜的女儿，还要在不爱的植物人身边守一辈子。可谓报应。可是这报应，也有她当年不够勇敢的一份。

所以，在世俗所谓的标准答案面前，肥胖是异类，吃货是异类，花痴是异类，取向不同是异类，和没车没房的穷人在一起不会有好下场，大龄了就应该把自己推销出去，单身好可怕，这些都是“真理”的衍生品。而且所谓的“真理”面前，本身也存在分歧和自相矛盾之处。为何女人瘦为美，男人瘦就是没安全感，难道不应该是出去拈花惹草的男人最没安全感吗？同样一个人在你看来是天真，在他看来是装嫩。所以才会有那么多丰富的见解。

存同求异，才是科学发展观。

专家们、前辈们只是以数量为绝对优势的一群普通人而已。是审美、兴趣、视野、阅读口味都比较大众、符合主流的人。这个不自制的世界总是习惯多数服从少数，而到头来又是少数人掌握多数人的命运。

有时候我会想，那些长睡于地下的人们，如果能让他们重新定义自己的人生，他们会不会继续走原来那条旧路呢？优雅的想尝试粗犷，苍白的想活得丰腴，或许雨果从头来过，只想成为下一个许三多。

是谁把周杰伦、蔡依林变成亚洲天王天后，又是谁规定相夫教子的张柏芝比开着跑车对娱记竖中指的张柏芝好，在舞台上摔吉他的谢霆锋就是叛逆代表？

那些自以为是，真是乌烟瘴气。

如果你不读书，不去见识更辽阔的世界，那么你的三观，只能来源于这些强加的框架和条款。从出生，到死亡。不会有一点自己的见地，你的答案躺在百度、知乎，你的未来，也掌握在那些“都是为了你好”的亲戚家人手里。

小孩的世界里，才有明显的对错。大人的世界里，特别是除了科学以外的艺术领域：文学、哲学、音乐学、美学……应该存在更多幽微、中立的答案，这样，世界才会显得色彩斑斓。就连你看到的透明的光，其实都能分解成七种颜色。

不必迷恋那些标准答案。关键时刻，你可以坚持做自己。做你认为正确的选择，以自己喜欢的方式过一辈子，和自己热爱的万物在一起。哪怕将来后悔，起码真真切切地为自己活过。有些弯路，是必经之路，去爱去闯去受伤，去痛去恨去原谅。不遵从自己，日子再体面，内心也装满了憋屈和遗憾。到头来，这一生都像在别人制定的地图上流浪。

当然，如果为了标新立异故意张扬个性，那是另外一回事了。这里所说的，是遵从内心的声音。

最后声明一点，我不是胖子。（那还替胖子们申冤，你是吃饱了撑着吗？）

你必须拥有与这狗血生活 博弈的力量

老妈 CALL 我说，家里的老祠堂推翻重建，大家都在竞标拍卖般捐香火钱，从几百到几万不等，大家的名字和数目会刻在石碑上，输人不输阵。字里行间仿佛在示意我，要不要给家里出点力，把数字做漂亮些。我说这个量力而为即可，更何况后代们根本就记不得你们这一辈的全名，我连小学班里的家长都没记得几个，实在没必要去攀比和跟风……

叹息，怪不得风评说潮汕人是中国版犹太人。忽然想起美剧《贱女孩》里因被女同胞珍尼羡慕嫉妒恨而剪坏衣服的莉贾娜。衣服剪破的地方很微妙，正是乳房的圆心，用心险恶的珍尼想亲眼目睹风光无限的她在大家面前出丑。可是当女孩们看到原先就追从热捧的莉贾娜，以为这又是在引领一种新的风尚，于是也纷纷拿起剪刀把自己的衣服胸前剪出两个洞，次日整个街头都是露出文胸的女孩，犹如赶赴一场盛会。

跟风拯救了莉贾娜，珍尼一定会抓狂吧？

犹记得大学捐款给班里有重大疾病的校友，大家都很慷慨，五十、一百地往募捐箱里投。轮到我时，我只捐了二十元。后来好友问我，平时看你请客挺大方的，怎么……

我笑笑摊手，解释道，恰好那个月我刚交了学车的一笔开销，又充了饭卡，手头有点紧。我总不能为了别人，逼自己去做力不能及的事情吧？帮助人本来就应该得到快乐，可如果为了佯装善良，把自己弄得很落魄很郁闷，那不是两头折损吗？

现在坐地铁，很容易听到几个家长交头接耳，左边华妃娘娘上身说我女儿上的是机关幼儿园，大家都说那里出状元；右边掖了掖貂皮大衣道我儿子生日我刚给他买了苹果6。

“为什么她们说出来会长脸？因为别人都说那东西好啊！”

对于这种无聊透顶污染视听的话题，旁人通常只能默默带上耳机，将他们拉入内心的小黑屋。

现在这个社会日新月异，心态浮躁、名利驱动，确实会让不少人渴望光环，渴望成功。于是，成功学、经商学的书籍、影碟被狂热的年轻人一拥而上地哄抢，以为这样就能复制成功的流水线。

那些可以随随便便放低的爱，都不配叫真爱。那些可以让你随随便便跟的风，都是东南西北风。

喜欢跟风的人其实挺可怜的，永远都活在模仿别人的影子里。

生活有时候会摆你一道。经常困扰你做决定的，往往是无关紧要的旁人。旁人做得足够好，而你未必能达到他们的要求。很多时候，你必须拥有更多与这狗血生活博弈的力量。

岂能尽如人意，但求无愧于心。

对新事物，
我们往往力不从心

这个飞速发展的世界有时候真的叫人沮丧啊。

比如我妹妹以前很擅长于“点纸”，就是将锡箔纸人工撕成大小均匀的纸块，然后再隔着透明膜用刮子刮开，用赤菜水蘸到陶瓷盘里面,然后放到手指上点到纸上。这些纸后来用于祭祖和拜神，烧成灰烬。

这在当时的小镇算是一种很流行的赚外快的手工。如今已经落没了。寒暑假我们没事都会拿来做，而我在家里“点纸”的速度一直赶不上我妹妹——因为我只会用一个手指“点”，而她会用两个甚至三个！我只会用食指点，而她则动用了中指和无名指，将右手手指（我们都不是左撇子哈）朝西边方向放，三个手指各自沾上锡箔，一下子就可以点出三行来，所以自然速度也是我的三倍。

嗯，听起来过程好似很繁复是吧？不懂也没关系，因为后来有懒人发明了刷子！他们发明了一页纸一次点六行、七行的，瞬间大卖！那些风头一时无两的邻居家的孩子，都败在了这种流氓刷子的发明下。

类似的情况你们可以想想手工包装，到后来的流水作业。

少年叛逆时期的孩子们总会有一些“反侦察”行为。比如生怕抓早恋的老师认出笔迹，就用打印的方式写，但这有个缺点就是诚意不足……天才的心思有时候也未必用在正道上。想破脑袋十年，不如度娘一秒。

人活着有时候真心累，不仅要遵守自然规律，比如服老，还要遵循机械永远超过人的规律。所以有些人有时候以此为借口，甘愿在一开始就变得懒惰、依赖、可有可无，因为成为天才或地才之后都免不了遇到更强劲的对手。比如民间的剪纸大王、糖人高手、昆曲第一人……后来都免不了被人或机械淘汰，更新换代。

这时候他们的心情会怎样呢？我不清楚，因为我没采访过我妹妹当时的感受。唯一可以清晰的是，他们并没有因为预料到自已终会被取代，而让生命有所遗憾。至少，怎么说也创造过曾经被津津乐道的小辉煌，不是吗？

他们正轰轰烈烈奔跑在人生的路上，穿过泥泞，穿过风沙，穿过对手的冷箭，穿过岁月布下的一道道关卡，通往自己想要的、光明的未来。

有时候一样手艺失传了，可以尝试新的方向，新的战场。同时，以感激的心情，缅怀那些被时代淘汰的旧物，偶尔拿出来回忆温习。

故事开头的我，是个科技发展恐惧症分子，对新事物，我往往措手不及，力不从心，下意识抗拒。再后来，才保有兴趣和善意。

也请你相信，能长久留下来的，一定是先进的、便捷的、让人活得有效率并且舒心的。在这些新鲜玩意儿被发明出来以前，研究它们的人，一定尝试了很多次的失败，投入了难以想象的精力，才得出成果，让人肃然起敬。

如果实在喜欢不起来的部分，那请你跳开这一 part，去你瞧得起的领域，去坚持你的坚持，反正别浪费生命。

若你们在场，人生该很好

如果不是前一天晚上发生的事，我想我不会提笔写下这封信。

前晚，你一个电话过来，张口就骂我忘恩负义。在我的印象中，这是你对我说过最重的话，带着哭腔。后来你哆嗦着说，老爸查出肺结核，要我赶快回来。我说了很多话安慰你，也安慰自己冷静。挂机后我立刻请假买了最早一班车的票赶回家。

你不知道我有多紧张，比走上高考考场都要焦虑得多。当时的我甚至想过，万一老爸病情恶化，我是不是真的要辞职回家。可是，当我推开门的瞬间，你和爸却安然地坐在客厅看电视，有说有笑。我懵住了。

爸问：“回来了怎么也不说一声？”

你接了一句：“还愣着干什么，快进来啊，外面风大。”

你把我拉进房间，说这一趟有重要的事。你托人帮我物色了一个对象，这次回来两个人见见。如果合适，可以考虑在一起，也没什么大不了。

我才明白，这一切都是你一手安排。然而就是这样的“没什么”，我要被扣掉几百块的薪水，错过公司隔天的例会，还在车上流了不少自责的眼泪。

出于对你的尊重，第二天我还是见了那位林先生。他开口第一句话就是：“我觉得异地恋没有好结果。”

是的，你打算用一段感情牵制住我。以爱的名义，你把女儿置于尴尬的境地。我跟林先生委婉说明了我的情况，然后主动买了单。之后，我没有回家，而是直接坐上了回广州的火车。

早在三年前毕业，我要留在大城市上班的时候，你就曾为此在电话里跟我起了争执。你说，外面的世界并没有你想象得简单，一个人租房很危险，一个人坐车很危险，一个人走夜路很危险。一个女孩子，就应该在家过小日子，还是回来吧。

挂了电话，我知道这事一定还有续集。果然，在我工作三个月以后，我和女上司吵了架，回头一冲动便递交了辞职信。你坐大巴来看我。我非常吃惊，平常你晕车又不喜出门。但这一次，你看准了机会，打算把我领回家。而那时候，我已经对上司检讨了错误，并打算全身心冲刺，迎接更好的明天。

我说，这里是女儿我上了四年大学的地方，有我的好朋友和敬重的师长，遇到困难我可以向他们求助。我还答应你，虽然我四年的恋爱记录为零，但在占据了全国人口百分之二的地方，我将有更大机会遇见我的另一半。

你终于对我表示理解和支持。你回过头，黄昏的霞光温柔地抚过你的脸庞："那就依你吧，如果干得不开心，随时可以回来。你一个女孩离家那么远，我们挺孤独呢。"我眼眶发烫，当时真的差点儿就跟你一起上了车。可我没有。虽然我现在还在打杂跑龙套，但这里有我尚未实现的导演梦，我不能轻易放弃。

妈妈，从我懂事那一刻起，你就是我的向导。在你身上，我学会了扮美，学会了感恩，也学到了自立的品格。那些美好的箴言像蝴蝶标本，一直收藏在我记忆的匣子里。

岁月像踩了溜冰鞋。我对你和爸说过，我的梦想是成为一名出色的导演。贫瘠的小城市显然无法支撑起这个看似荒诞的愿望，所以我不得不离开家，寻找到了这个富有朝气的公司，从助理开始做起。

在你面前，我从来都不掩饰对大城市的向往和依赖。我喜欢那里便捷的交通、完善的设备、丰厚的人文底蕴，更喜欢那里潜伏的未知机遇。这些地方，各方面的社会资源更丰富，大平台上各个领域的人才也占据优势，人与人之间的互动和竞争更催人深省、前进。我和千千万万的年轻人一样，希望能在这个舞台上找到自己的一席之地。李安刚做电影，囿于台湾的家乡一筹莫展。父亲思想保守，觉得他成为戏剧教授就可以，做电影的人和戏子无差。直到留学国外，中西方文化的交融激荡，让李安重新开始了梦的征途。然而，当他以《喜宴》得到“金熊奖”，爸爸依旧念叨他赶快改行。

妈，你和很多老人一样，因为时代的剧变，与外面的世界断开了一条小小的裂缝，我不怪你。经过这几年时间的打磨，女儿学会心平气和地站在你的立场考虑。我知道，你的种种行为，都和千千万万普通的父母一样，是为了让子女过上安稳无忧的生活。但更多时候，平静的生活磨砺不了人，世界每天都在翻新，任谁都铆足了马力，稍不振作就会被抛下。所以，我只能通过漫长的跋涉去证明自己的选择是对的。

和你一样，我也希望自己将来的小孩可以抬头不见低头见。所以，就算连夜赶回家迎接我的是一场闹剧，我也没有发脾气。但我更希望我的孩子们在羽翼丰满的时候，去更广阔的世界，被改造、被训练，交往更多的人，见识更多事情，成长为更强大的样子，而不是在一潭搅不动的死水里，慢慢褪去活力，成为一具枯骨。

也感谢你，就那么一瞬间，我感觉自己长大了，有了喜欢的人，有了自己的想法，能独立思考。当我回头看过去的点点滴滴时，突然觉得，“哇，原来时间不只是过得快，也改变了很多人和事。”

妈，关于你那厚重深沉的爱——你当然比谁都爱我，你所做的一切，出发点都不是为了带给我伤害和难堪。这点毋庸置疑。但是爱，不应该变成绑架和羁绊。在这一点上，我更感谢爸，他在得知病情后，更加珍爱自己的身体，戒了烟，喝少量的酒，也不再熬夜看球赛。他这样做，就是为了让远在千里之外的子女放心，专注精力去完成自己的计划。

看吧，每次和你通电话，你的招呼方式永远是问我吃了没，我在这头哭笑不得，很想告诉你，这世界除了吃饱睡好，还有很多更重要的事情等着我们去做。在梦想尚未成形之前，我不怕死，不惧远行，也不曾忧虑悠长岁月。可是现在，却真切地近忧远虑着。曾经我读海子的《黑风》，念到“人们啊，所有交给你们的，都异常沉重”的时候，在异乡掉下了感同身受的泪。但第二天，还是要跟所有在暗夜里失意的年轻人一样，顶着黑眼圈去上班。因为事业刚有起色，让我看见远方的光，我更应该把眼光放在团队和大局，全力以赴去做好后续。

跟你们的遗憾相类似，我唯一的遗憾就是你们不在身边。实现梦想的路上，伴随着焦虑、孤单、挫败，有时候连我自己都觉得这是件根本不值得祝福的事情。而整个过程最让人难过的，是我不得不将生命中到目前为止最长的离别，给了最疼惜自己的父母。但请你相信，我们的关系不会因为地理的距离变遥远，相反，短暂而珍贵的陪伴，会比天天腻在一起更值得回忆。我也答应你，作为一个女孩，在外面会处处小心，照顾好自己，重要的事情第一时间找你们商量，征求你们的意见。

当然，我也试过，一个人在异乡感到无助的时候。记得那次，我发烧了，没有力气爬起来，但身边却没有能买药倒水的人。这才印证了那句话：喝醉了才知道你最爱谁，生病了才知道谁最爱你。不过请不要担心哈，你们的孩子继承了你们的坚强，我还是一个人挺了过来，并且更注意自己的身体。

站在青春的尾巴上，我不再冒失，不再轻浮，我正在努力变得沉稳成熟。给女儿一点时间，我会成为同龄人里更出色的一分子，让你们过上更好的生活。我也更需要你们的理解和支持。

另外，每个人都有自己的生活圈，如果希望晚年不陷入孤独，我发自内心地希望，女儿不是你们生活的全部。你们当有自己的小世界，自己的娱乐消遣方式，锻炼身体，陶冶情趣，在喜欢的事物里找到更多的安全感。就像你们离不开老家一样，我的朋友都很巧地选择在了同一个地方，安了家。大多数时候，他们能让我感受到温暖的力量。那种温暖，不夹杂任何私欲，就跟家人一样。请你相信，有他们在，我至少在陌生的土地上有所依靠。

作为受过不同教育的两代人，遭遇这些生命不同阶段的碰撞所带来的尴尬，是必然的。但也终究会翻越过去。我也深知，能和亲人相处的时间越来越少，我会常常回去看望你。

亲爱的老妈，一切都很不容易，但所幸一切都在动荡中朝着良好的前方缓缓行进。此刻，在川流不息的风景里，我闭上疲惫的双眼，仿佛可以看见若干年后，小小的试映室里，坐着我最亲最爱的人和几个知心朋友，你们为剧情微笑或落泪，为我鼓掌喝彩。

我最好的时候，希望你们都健在。

替永远爱你却不知从何说起的女儿写下的这封信。

忙碌之余，善待自己

以前常常不解，为什么有的朋友愿意跻身于闹哄哄的演唱会现场，叫得喉咙沙哑，好几天只能打手语。为什么有的朋友愿意花上一年时间每晚追看同一部漫画，忐忑又兴奋地等待着新番。

或许你会说前者太疯狂，后者太过宅。

现在我总算明白了，时间总会替我们筛选留下一些心头真爱。以前喜欢的人，现在可能不喜欢了；以前喜欢的偶像，现在可能不追逐了；以前喜欢的食物，现在吃腻了。有一些看似会到死难忘的人和东西，在时间这面照妖镜面前统统被打回原形。

多么残忍。可是，时间也很忠诚。去繁从简以后，能够留下来的，真的就是不多不少、刚刚好的真爱了。这些朴素的、无害的喜好和习惯，是生命的恩赐。

光顾一家喜欢的书店，看一场演唱会，听一部电影，暂时不顾身材地大吃一顿……它们能够在忙碌之余，为我们带来真实友善的温暖。能够让我们心安理得地静下心来，放空自己，任由岁月在脚下温柔缓慢地流淌。你感受到的，是共鸣，是安宁，是尊重，是幸福，是存在的意义，是与身心和平相处的自己。

这些追求，未必是功利的，未必是急躁的，舒服和自由是唯一的乐趣。做完以后，体内多余的精气被我们挥霍掉，身体悬空般漂浮在这个孤单星球之上。仿佛神游在云端，能看到鱼群般的人流在远处闪着光，真是恨不得生出一种特异功能，给这一刻的世界点一个大大的“赞”。

《这就是生活》里说：“万物皆有备于我——任何事物都是能给我们带来启发的，哪怕看综艺节目，例如一个关于如何简化生活的节目就给我带来了极大的启发。”我们原本没有野心地去享受娱乐，享受休闲，而它们往往又能够给我们补充恰到好处的营养和灵感，这是最好的相逢：干干净净地走近、交汇，带着感悟和满足离开。

虚荣使人进步

心理最敏感的初中时期，有一度不敢请同学去家里，是因为觉得它不够美：气质、装潢、地段……都比不上朋友甲乙丙丁吧。（默默在内心列了个花名册）

压力最大、最自闭感伤的初三那年的圣诞节，路上到处都是浓郁的节庆氛围，在回家的路上索性拐进一家风铃店，应景地一口气给自己买了三套风铃，假装是同学送的。至今它们也都挂在我家里。这些个背后的隐形面具，它们的名字叫虚荣。

因为渴望美、渴望友谊而升华出来的虚荣，能够让人变得更好。

家不够美，那就努力赚更多的钱，换一个更大更漂亮的房子。朋友不够多，那就让自己变得健谈、外向，不要缩在角落当一个孤独患者。主动对别人微笑，主动关心别人，主动让人感觉到你散发出来的友善……

恰当的虚荣，让你改变自己，从而变得更从善如流。

但是，生命中总有让你力不从心的虚荣。当过时尚杂志编辑，接触的更是名利场上的玩意。杂志上推介的随便一件单品价格，都可以是一个普通人所有银行卡的存款总和。这时候你除了瞠目结舌，更多的是挫败感。这种膨胀的虚荣，是你卖肾也换不来的。如果过度苛求有限的能力去兑现它们，最终不得个抑郁症才奇怪。

所以，虚荣使人进步的前提，是不迷失、不难为自己。

我多么怀念大学时那些朋友们，一起幻想未来畅谈心愿，一起为了赢得“文明寝室标兵”的旗帜分工打扫房间到天黑，一起饮酒放歌走夜路，一起逃课去市区为我庆祝生日。

还记得，超说，我要在佛山买一栋大房子，有庭院有泳池，种很多果树，养很多大狗，每年定期请你们过来，包吃包住包路费。

还记得，灏说，从小就目标清晰，将来要努力考进部队，哪怕分配去边缘地带，也很威风。那一天他刚主持完学生会教学模拟比赛，他的睫毛上还带着一层薄薄的粉笔灰，在月光下抖啊抖。

还记得，洪说，毕业后赶紧成家，才能立业。但后来，他没有跟恋人在一起，娶的是别的姑娘……

而我，我那时候就在想，如果一直有人想看我的故事，我就会一直写下去。

是什么，让我们从一穷二白的小 P 孩，变成了有抱负、有信仰的人?

是梦想，也是虚荣。想要过得与众不同，想要过理想中的生活。因为知道过了最青葱的年华，就再也不会有那股劲，为了一个目标，如此努力地去追赶了。

一转眼，当年轻狂的我们当中有些已为人父母，有的已出国进修，有的回到老家过着安稳的生活。或许，已经与最开始的计划背道而驰。但，只要午夜梦回时稍微追忆起当时的清风朗月，热血犹存，荣光依旧。趁年轻，五分虚荣，五分赤诚，浓淡相宜，青春正好。

无须再见，只要将鼠标轻轻晃过同学群的空间，也能发现，每个人的变化都是显著的——为了追求瘦，玲每天按照计划进餐，当初顶了四年的大饼脸现在已经能媲美高圆圆；还有去清远当语文老师的韩，考上公务员的婷……哪一个，不是带着树枝般向上生长的力量，变得更好?

不管是物质还是精神上，那种“希望得到别人的肯定”的殷切希望，会一直在无形中，让人变得更好，活得更有活力。

每个人，都应该成为自己的小太阳。但即使是太阳，也渴望得到向日葵的回应啊。

曾经一个同系的校友，是个挺帅的男生，人缘很好，但从不主动招惹异性。大学时他就是个出了名的工作狂,经常接各种零活做。有次，在四十摄氏度的高温天，他站在步行街，忍受着路人的白眼发传单。拿着电棍的保安发现后,骂骂咧咧一路追着他跑了几千米，没追上，才放过他。他满头大汗，回到宿舍还发着低烧，结果第二天又按时去做家教了。后来，他用那天赚来的一百块钱，给女友买了一个钱包，里面存放着他们俩唯一的一次正式合照：一张过时了的大头贴。但男生自己非常节俭，用着非常旧的包，穿着回力的运动鞋。哪怕这样，也依然无法阻挡他身上洋溢的光芒。

毕业前几个月，别人跟他说，你女友跟别人好了。他不信，跟过去看，发现她真的上了一个老男人的奥迪。当然，现实没有言情故事那么狗血，那男的确实是她的金主，不存在什么亲爹啊舅舅啊之类的误会。

别人以为，曾经那个爱攀比的女友没了，这家伙应该不用那么拼了吧？但出乎意料的是男生没有就此放弃。他依然心中存有骄傲，存有梦想。只不过这一次，是为了自己过上更美好的生活。毕业仅仅两年，他真的成就了一番风生水起的事业。

我听到这个真实案例，唏嘘不已，并且以他为榜样。我也希望，能让自己没坐过飞机的父母能每天全世界飞来飞去，我也希望，能每次豪迈地为聚会里朋友喜爱的美食买单。我也曾经，住在吵闹的城中村里跟电话里的家人说："我这边环境很好，门禁安全，邻里和睦。"

后来，我在广州找到了一平方米上万块出售的老房子，才感叹：老家真的又大、又美啊！最重要的是，价格实在太亲民了！（你确定不是因为想家咩？）

"咱家这个房子，要是稍作收拾，在广州至少可以租个三千块吧！"二十多岁的我擦亮眼睛，痛心疾首地总结陈词。

哎，果然是屌丝都在考究逼格，土豪只管任性。

生命就是一场 不断推翻自己的过程

小伙子和丫头们，如果你的人生小黑本子里没烫过乡村非主流的头发，穿过破洞牛仔裤，谈过场把自己审美观鄙视死的恋爱，买过些永远关进小黑屋的废物，犯过点金光闪闪的低级 bug，都不好意思说自己活过了是吧？

如果你正在犯着这些二，那么恭喜你，你还年轻，还有充沛的精力改造自己。更可喜的是，你因为足够不好，足够不开窍，所以，还有很多进步的空间。

推翻的定义在于，假如生命是一方固土，那么这些磨蹭和忤逆就是水，因了它更肥沃滋养。太少，干旱贫瘠；过头了也容易淹死。

所以，越成熟，越有底气，才越能从容地应对推翻。这回事说到底，就是困难和转机欢聚一堂，让人哭笑不得、苦中作乐，最后被打磨出新鲜的光泽来。

有时候，也会丧失斗志，不想继续跟这个世界死磕了。可一旦恢复精神，又想着卷土重来。

有时候，是生存迫使你必须打破现状、推翻过去。千变万化的生活没有定局，人生可能重新洗牌。你忙着研究试题、考取证书、拿下合同签证，让自己和家人活得更好更体面。其实，当你决定接受推翻的时候，最困难的那个环节已经被攻克了。你已经披盔戴甲，走在士兵通往将军的路上。

因为年轻，所以选择兜兜转转，忙忙碌碌。因为青春，所以敢于上天入地，无怨无悔。若你不勇敢，谁替你坚强。

更多的推翻是必然会在路上携带着滚滚红尘，与未来的你狭路相逢的。同时，用以衬托出平静和安定的可贵。这个过程，有些人会显得狼狈，是因为他选择一条非常人所会走的路，并且执拗地坚持了下来。他看上去有些凌厉，有些落魄，有些隐忍，有些力不从心，那都是他在为自己的选择支付的代价。他能够自由切换苦行僧与吟游诗人的角色，他身后是荒漠，身前有丰美水草，广阔河山。

写稿子的过程，也是一场自我推翻的过程。不断重来，不断更改。可当那些故事变成铅字发表在各种杂志、图书上，我都无比感谢那个在寒夜里折腾的自己。我并没有多少天赋，只是比怕麻烦的人早一点领悟：我不怕老来回忆青春时，因庸碌无为而让别人看不起，只怕被自己看不起。青春苦短，终究不是一首可以循环播放的歌。

生命，就是一场推翻过去的自己的过程。过去的自己死了一点点，幼稚死去、孤陋死去、胆怯死去，一切如同坏死的细胞破灭，才能一点点迎来新生。

以前，我也不能忍受有人在朋友圈晒幸福、秀孩子、打广告、发吃喝。也跟别人一样，冷言冷语含沙射影地发签名“抨击”过这类现象。随着时间的推移，我察觉到自己的幼稚、小心眼和不成熟。有时候，发现惊喜的餐厅、吃到正宗的食物、发现新鲜的玩物、看到喜欢的明星走秀，也会忍不住更新动态，分享的同时，权当记录和见证。所以我推翻了那个过去的自己，意识到能加朋友圈的一般都是关系还可以的，相互信任的。实在受不了默默屏蔽就好了，或者一开始加之前就高冷地约法三章吧！

别畏惧去推翻，像船桨勇敢地劈开水流。如果生命是一摊宁静的死水，你会被豢养，沉沦其中，才会溺亡。只有往前游弋，才能遇见岸上的良辰美景。

自信是女人最好的整容术

一本杂志在新浪女性频道的帮助下做过一期专题调查，关于：整容。结果显示，有 85% 以上的年轻女性不满意自己的容颜，想在自己五官上、胸部、屁股上动刀子。表面上看，这是被外貌协会的男人给逼的呀！有些男人浅薄无知、只重外表，不注重内在涵养，这个只看脸的社会哟！

那天下班回家，我的步履有点沉重。看着路上花枝招展的姑娘们，竟不知在深圳这座大城市，她们当中有几个的高鼻梁双眼皮是纯天然的。

后来刷朋友圈又看到一个段子：我这么端庄、温柔、善解人意，还不是因为我丑吗？！喷饭的同时，未免暴汗：难道美女，就可以跟螃蟹一样横行霸道？那亚洲选美第一人，是不是可以到处摆谱？

明星郑爽整容，因为觉得自己硬件上配不上高大挺拔的张瀚，恰恰应了张爱玲笔下那句“低到了尘埃里”。爱美是人之常情，尤其女明星就更加关注自己的身体，哪里发福了，哪里松垮了，哪里暗淡了，哭死的心都有了，赶紧补救。补完还得继续熬夜拍戏，熬出个内分泌失调，不过就是为了多吃几年青春饭。

像郑爽这样，红起来忙得晕头转向，长时间跟张瀚异地恋，当然会胡思乱想。最后，就在自己脸上动起了干戈。

其实若我在场，很想说一句，傻妹妹，要知道，你的情敌，所谓比你好看的人，像江海里的沙，天上的星星一样，是数不清的。唯有自信，能笑傲江湖，长驱直入，让男方不生厌倦。

自信当然不是盲目乐观，是发自内心对自己、对生命、对身边朋友家人的一种真诚的热爱。自信足以让奔三的姑娘变得意气风发，自信也驱使着女孩们去完善自己，以匹配体内这种活跃的正能量。

别说女性，就是男人，也需要自信。不是没有看过各方面优秀却内心自卑的例子，除了成长环境影响当然还是教育问题。当

2014年的夏末，我向副总编递上辞职信的那一刻，我感觉到了前所未有的轻松与信心。那一刻,我并没有诸多关于未来的斑斓设想，也不是热血地为了迎合那些“间隔年”“辞职去旅行”的先锋青年，我只是不希望自己的青春埋没在日复一日的机械工作里。

我想在家休整一段时间再出发。我想变得更强更好，面对领导提问时更加从容不迫。我想出去走走，看看迷雾层层的法国，云烟缭绕的巴黎铁塔。我也想沉淀内心的纷纷扰扰，再去面对这个冷酷世界的诱惑与挑战。

说回郑爽，最终还是分开了，没能留住眼前人。真替她遗憾。或许原本两个人之间出现的只是小小的裂缝与瑕疵，但她这种疯狂举动后又公之于众的行为，无疑是在给对方制造巨大的压力。那种自己营造的悲壮牺牲，像一副温柔的枷锁，要男生接住，套牢自己，并对天发誓不离不弃。

其实，除了不改变外貌，还有其他很多办法可以让自己更漂亮。女孩可以从服装上改造自己的气质，可以通过书籍修炼自己的气场。我认识一个自己开服装店的女生，她向来就是那种舍得花一半月薪买一套衣服的人。打开衣柜，几年前的衣服现在穿出去依然极具流行范儿。去年从公关公司离开后，她和加盟的品牌设计师合伙，开了工作室。五官平平的她，在岁月深处逐渐显露出超越他人的气场。

这个根本不是白富美的女生，白天忙碌，晚上进修，现在已经有出版社在联系她，看能否合作一本关于穿衣搭配指南的书。

自信至此，敢于坚守，也敢于放弃，才能接受新生。

要想男人爱你，怎么可以不先好好爱自己？爱自己的前提，是接受自己先天的不足。容貌可以改写，但如果内心卑微、弱小，不能在千锤百炼中变得强大，再艳惊四座也于事无补。

俗话说女人如衣服，可她自信满满；男人如衣服，贵在精，不在多。光是这份自信，就足以让岁月这把杀猪刀在划过她皮肤的时候，显得无力了许多。

遗忘是最好的铭记

这一天，同事琳怒刷朋友圈，大意是收到前劈腿渣男友的红色炸弹，居然好意思不要脸跟她要份子钱，她若去了指定泼这对新人一脸红酒，把白婚纱变成红朱砂之类的。

下面有神回复说，哎，一看你就是还放不下他。

正中下怀。我恨不得回个+1，+10086，+身份证号……

试想一下，琳这样如同小白鼠般咬牙切齿的姿态，如果被有心人截图发给她的EX（前任），那对方该会笑得多么鄙夷刻薄，窃喜自己在琳心中的分量原来有一座山那么重，连愚公都移不动。哪怕下定决心用炸药炸掉了，还剩下一地残骸。

这让我不得不联想到邻居那个特别爱闹腾的姑娘，每次半夜三更还在打电话，脆生生地质问对方，你为什么要离开我？我哪里做得不对我可以改啊……

普通人一辈子也就三万天，时间有限，实在应该好好珍惜。然而有些人就是甘愿为了人品不好的人来回倒腾，只能说她死蠢，或者干脆比那些人品不好的人还差。其实，分手了就是分手，何必追根究底要个答案。不爱就是最大的答案。而如果是对方看上小三，那你应该庆幸自己摆脱了败类，日后小三必定也没好日子过。

所谓女孩的最佳成长，就是几年前觉得是高富帅的人现在觉得是高穷丑。因为自己化失恋为动力，去进修、去充电、去瘦身健体，变成了更美好的自己。然后迅速脱单，遇见更匹配的另一半。

如果你的生命深度和广度能得到提高，眼界自然不会再那么独取一瓢。到头来你就会发现，或许当初你苦苦想挽回的东西，不过是对于既定二人世界生活方式的依赖，和落单后的不安全感，以及心中不忍幻灭的关于未来的粉色泡沫幻想。

每每看到“再也不相信爱情”这样的网络言论，甚至有人在网上直播哀伤、自残博取存在感，其实别人根本不会关注和在意。她们其实一点都不酷。遗忘是对仇家姿态最漂亮最得体的铭记，是放生自己的不二法则。然后，过得比对方好。这才最酷。

当然，如果你有那种想起来虽然伤感、但会让你觉得特别温暖特别窝心的 EX，自然不必费心去忘记。你大可在回忆的马拉松长跑里，学会感恩与珍惜。前提是，你有这样的狗屎运。

你的前路，有星光可循

——与其崇拜，不如超越

李易峰：2014最佳回锅肉

【除却君身三重雪，天下谁人配白衣】

2008年，北京奥运，到处歌舞升平，但就算这样的大事件也阻挡不了一档名为“加油好男儿”的节目的持续爆红。2007年选秀早已落幕，但万千少女们记住了李易峰这个名字并为之疯狂。他嗓音早熟低沉，在台上唱《情书》的时候颇有几分小张学友的味道。

盛名来得太突然，原本就是校草的他，根本无法想象刚结束比赛就会被签约，马不停蹄要出写真书。在他的成长过程中，已经像一个小先生一样懂得如何自嘲。他笑着说，长得帅也是一种痛苦，因为性格腼腆害怕女孩子主动搭讪。好不容易交往的女孩因为安全感缺失，主动离开了他。

那年过年，他还是没什么通告，两袖清风的年少轻狂模样。公司给他长达半个月的假期，无奈这个劳碌命体质却坐不住，分分钟想往外面跑。他天真无邪地放话：做艺人还是好，自由。

那时候在成都老家，父母每天变换着花样给李易峰做川菜，他连主食都不敢吃。最后被问及缘由，李易峰委屈地说："我说就怕长胖，在电视上不好看，他们不喜欢我了。"

帅哥分两种，一种是从小一直帅到大；另一种是小时候不帅，长大后突然帅了。李易峰说，自己属于后者。所以，那份卑微依然如影随形。

后来也有类似的故事，孙俪在拍《甄嬛传》时也有同样的担心，拍《甄嬛传》期间孙俪想吃包子，于是让助理买来一袋，她把每个包子掰开过了一把眼瘾，就让对方拿走了。在娱乐圈，这样的故事显得稀疏平常，甚至连励志都算不上。

李易峰手心容易流汗，在为新歌拍 MV 时，他牵起女主角就紧张，后来他居然发现了一个办法：把手掌朝上放在太阳下烤一烤，继续拍摄。更别提一首歌要反复唱几百遍这种小事。

但有什么呢，那就是少年最初的梦想。他其实最想当飞行员，无奈体检视力不过关，于是考播音主持专业，计划先当主持人再唱歌，曲线救国。谁知道，一报名比赛就成艺人了。最让李易峰难堪的，是有一个阿姨转回来问工作人员说拍照的那个女生是谁？然后李易峰蠢萌地指了指自己说，“是说我吗？”那个阿姨感觉有一点惊恐，就走了。因为工作人员一直在那儿笑，李易峰这才察觉到自己被化妆成夸张的奶油小生样子，让原本有些内向的他更没自信。后来走在路上他偏爱低着头，好不容易伸过来一只手，热情呼喊着他的名字。结果，那观众却拿了一张餐巾纸给他签名，李易峰腼腆又为难，弱弱问道：“能不能拿一个本子？”架子全无。

命运是公正的，它不会让你白白承受太多煎熬。有时候，男孩李易峰活在平庸中，目光中却流露着一个拥有强大灵魂的坚毅世界。他是那么优秀，穿着最简单的白色短T都能发光，似乎世界上所有美的语言都是为他而创造。但是，娱乐圈残酷又变幻莫测，一年后，经纪人告诉他，你清楚现在自己的处境吗？面临着艺人最大的威胁——过气。

李易峰开始有些眷恋当时的浮华万象。如果不曾失去，就不会心痛。他甚至希望从来没有进入过公众视野。

最令人心疼的不是没有火，也不是过气，而是一直不温不火，李易峰的脑海瞬时拉响了红色警报。

【最佳回锅肉大奖非你莫属】

再度大红大紫，要数今夏最火的电视剧之一《古剑奇谭》。他身为男主百里屠苏，手执长剑，弹指一挥间，可逗逼，可耍帅，可自恋，可炫酷。这是一个小鲜肉层出不穷的时代，但作为回锅肉，李易峰最能成为从音乐转战影视圈的最佳示范。

完全不是幸运，只有李易峰自己清楚，自己为了等待这一天到来，已经沉寂了六七年。低调去上表演课，讲课的老师会让他在大家面前丢脸丢到极致，丢尽了，然后再通过一些表演去重拾这种面子。每天上表演课很好玩，但压力也大。但有点洁癖的他为了第一个用到厕所，总是最早起床，洗一下头，把头吹干自己做个造型，再心满意足地叼着三明治赶去上课，最终抢占第一排的位置。累得失眠的时候，他会跟大多数男生一样，看 NBA 球赛，玩 cosplay 消遣时间。

如今，28 岁的他褪去青涩，身上有股用不完的劲儿，他拍着胸脯说，可以尝试很多角色，反串、疯子统统都胜任出演，只是不想与太多人雷同。

曾经他身上有许多印记，像一只贴满了标签的行李箱。而现在，干净的大暖男成了热门搜索、艺人指数独占鳌头的国民男神，“土特产”崛起姿态完爆都教授。曾经介怀粉丝将他和乔任梁配对，如今和陈伟霆 cp，他都觉得无所谓，没必要特意澄清，更不会因此疏远朋友。甚至说出令人掉眼球的言论：“你的女朋友随时可能分手，但朋友是一辈子的。”

过了爱情粉色泡泡梦的年纪，他更信仰两个人之间的依靠。仿佛一夜之间情商变高的他依然槽点满满，大红了以后被网友挖出过去的博客,博客中呼吁大家讲文明树新风,于是人送绰号“李政委”。

时光的淬炼让李易峰蜕变成为轻熟男。不变的是，他一直对粉丝爱得深沉。

某一年的生日，粉丝和他一起过，经纪人说会把蛋糕切好让粉丝们来领，他却说“我会切好然后送到粉丝手里”。自己恐高，又被吊到二三十米高还对探班的蜜蜂比出“我很 ok，不用担心”的手势。

当传出他即将出演吴邪的新闻，被有心者呛声时，李易峰云淡风轻地答道：“不管谁来演都会有争议，我没办法阻止别人的想法，只能用努力去证明。”

努力和梦想这种词，听多了难免让人腻味，却依然是最百搭最好使的回答。

当然，对于爱他如初不离不弃的人而言，他是这世上最独一无二的一口清泉吧。不会开盖有奖，也没有再来一瓶，他是唯一，他最珍贵。

陈伟霆：告别花美男时代

【我的运气真的有那么差吗】

2003 年，香港有一场内地版的好声音红遍全港，那是华人新秀歌唱大赛。俊朗多才的陈伟霆年少成名揽得金奖,很快成为舞王。被评委八卦学舞原因，少年陈伟霆红着脸："中学时念男校，有次开派对，其他学校的女生过来联谊，我上台一跳舞，那些女生就疯狂了，然后我发现原来跳舞可以这么帅。"

然而选秀就像一只凤梨罐头，终有赏味期限。靠性感舞步吃了三年饭，公司将他和张致恒、麦子豪组成男子团体。本以为咸鱼会翻身，结果出席活动被认错，参加娱乐节目被恶趣味的主持人整蛊出丑。出镜率不低，就是人气低。

恰恰，港媒又从来以刻薄著称，对他从来都不客气。好不容易留给出一个版面，还是挂着“Angelababy 前男友”和“阿 Sa 男朋友”的名号，送外号“万年新人王”，死都红不起来的说法，就像机场为行李箱贴上一枚标签那样自然。

有时候他自问：我的运气真的有那么差吗？也没有吧！陈伟霆回想小时候过年放鞭炮，他把鞭炮铺 20 尺长，一点就追着他屁股来爆，当爆到接近 3、4 尺的时候，才发现鞭炮勾住脚，幸好他弹跳能力强，才在爆破的瞬间保住了小命。

如今在大陆，一个充满抱负的年轻人混了 11 年的脸熟后成功逆袭，才会如此具备闪电般惊心动魄的美感。

事业停滞不前，陈伟霆在干什么？做他最擅长的事，独处。

独处时，天蝎座所捆绑的特质才会冒头：征服感与掌控欲。他告诉自己：一定要拼，不是要赚什么钱，而是自己想做什么，理想是什么，一定要好好把握。当你到了一定年纪的时候，你没有这个体能，没有这个体力去做，年轻，是你手上唯一仅有的筹码。

那些年的时光，陈伟霆坚持用健身培养意志。无论多忙多累，每天抽出两个小时运动出汗，挥发坏心情，像一场回收站焚化垃圾的过程。他疯狂跑步，是因为不知道闲下来的自己能去哪里，像注定见不到第29次黎明的二月。

是什么时候开始被命运翻牌了呢？

2008年，公司要陈伟霆单飞。他一个人揣着兜里为数不多的存款，跑到美国学了三个月的舞蹈，甚至被当地恶势力欺负都不肯求助，最后信心满满地回来对经纪人说："好了，现在我可以答应你。"

转而拍戏，新人免不了试镜，陈伟霆每次都没有被选中，直到导演陈德森说出真相："我不喜欢用歌手做演员，尤其是偶像派的，放不下偶像包袱太难拍。"

这句话让陈伟霆下定决心终结自己的花美男旅程。他开始从不起眼的小角色接起，哪怕需要刻意丑化形象。所有男演员都期待吻戏，他却说，不如演打戏吧！

最辛苦的，是在拍曾国祥的《恋人絮语》，五天四夜没有睡过觉。明明只是简单的一个镜头，陈伟霆已经累得手都在发抖，眼神始终没有焦点，陈伟霆一个人走到海边，让海浪掏空羞耻。这种羞耻心，是内心有欲望的人才会海量产出的焦躁。

如果没有2014年的《古剑奇谭》，也许陈伟霆会像一列开往暗道的地铁，一路错过许多风景。热播后网友感叹："当初打游戏都没有这么浓的cp感，如今画面太美不敢看。"

将他和李易峰配对的观众跟原来游戏中的男女情侣粉丝，就像安卓粉与拜苹果教教徒，势不两立。虽然大家都在说保护智商，慎重看剧，然而有些光芒注定无法抗拒。

穿衣显瘦脱衣有肉的陈伟霆，是这个平庸夏日最大的惊喜，观众只留意到他的一夜爆红，鲜少有人透过光鲜看见背后的往事。

毕竟，人生并没有多少个 11 年。

【为正三观，点赞】

生活中的陈伟霆，就是粉丝的一个正能量接收站。

他说，不要因为没有掌声而丢掉自己的梦想。

他说，我觉得我的女皇很好，她们最让我感动的不是等我、见我，而是她们买了很多礼物送给我的导演组，送给和我一起参加节目的嘉宾，送给我的工作伙伴，就是他们为了我，爱着我身边的每一个人。

每天一句心灵鸡汤，足以气死刘同汪峰等梦想专业户。

网络是一套，现实中的他却永远当不来模范情圣。父亲早年过世，陈伟霆在亲姐的婚礼上，和母亲、哥哥、姐姐四人在婚礼上抱头痛哭，差点把酒席上的宾客吓傻。姐姐问："为什么我这几年都感受不到呢？你爱我有这么深吗？"

如今他成为新晋男神，用统计学的说法，就是注定更聚少离多。阿 SA 在《十二道锋味》节目中表示最伤心的时候陪伴在身边的人是谢霆锋，不少人向陈伟霆喊话：“SASA 好伤心，大西轰你在哪？”

这样的异地恋，跟光棍有什么区别？陈伟霆却笃定，两个人只要真心，就可以走到最后。

庆幸的是，身价三级跳后，他并没有迷失自己。感谢那些被狗吃掉的低迷青春，让陈伟霆身上没有年轻偶像那种包袱感，可以熬夜回复粉丝微博；也找不到有恃无恐的傲娇。唯一的 bug 是普通话，再拿不出点搞科研的精神钻研一下，恐怕要配一辈子的音。如果只靠黄立行一样完美的身材和李敏镐一样耀眼的笑容放大招，在新人辈出的娱乐圈终究会片甲不留。

印象最深刻的是有一个记者说：“你现在这么赶通告应该很累吧？”他摇摇头：“我不累。其实你们更累，我累了有人问我累不累要休息，可没人问你们哎。”我在心中为他点了一万个赞。

因为走过你的路，苦过你的苦。伟霆同学，你的三观要不要这么正。

那么，就让我们祝福这位爱煲鸡汤的人生导师，天天有好底料，天天有好汤饮。

许嵩：
时而清醒
时而犯傻的冷笑话大咖

许嵩，英文名 Vae。

身高 180cm，体重 60kg，血型 A 型，出生于 1986 年 5 月 14 日，著名作词人、作曲人、唱片制作人、歌手。音乐才华备受乐坛专业人士肯定，是中国乐坛瞩目的音乐人。

代表作品《自定义》《寻雾启示》《苏格拉没有底》《梦游计》。

【没有郎朗那样的中国式父母】

张爱玲说成名要趁早，许嵩8岁便拿到古典钢琴七级，大学时就开始录歌发上网，一夜成名。他像蓄力已久的鹰隼，每一根羽毛都渴望着飞翔。

许嵩从来就是个有些特别的男孩子，敏感的内心是他记录生活的DV机。那是某个暑假的傍晚，狂风大作，眼看一场暴风雨要来。许嵩站在阳台往下无聊地张望，只见大门口的小摊贩们纷纷蹬着三轮车躲进地下停车场准备避雨。一个卖米线的女摊主艰难地骑在最后。许嵩转身对妈妈说："快出来看，要下暴雨了。"这时楼下传来"嘭"的一声。他伸头望去，看到三轮车已经翻倒在路边，橱柜锅碗碎了一地。不远处一辆轿车绝尘而去。女摊主就那样，睡在血的岛屿里。几天后肇事司机被抓到，赔了十几万。

街道上有人残忍地说："也好。她一辈子就算卖出去十几万条麻辣串，也挣不到十几万。有了这钱，两个儿子的大学应该可以顺利念完了。"

但许嵩不这样想：可是儿子怎么办呢？他们再也见不到自己的母亲了。

安定平淡使人站稳脚跟，但飓风和海啸却能激发更多本能。许嵩坐在电脑前，内心堆积了太多纤毫毕现的画面，久了只能任其发酵成文字音乐抒写出来。"每个音符都是我眼中的故事。我只不过想把这些故事唱给你听。” 这是许嵩写在自己的博客上一句话。在全民选秀的时代，只简简单单做自己。

现身网络的最初，许嵩正是凭着这样一首首动人的原创异军突起的。从《7号公园》《飞蛾》，到《玫瑰花的葬礼》《浅唱》，自发组织的歌迷群遍及十多个省。悲悯之心捕捉到的情感片段那么细腻，又清新。

许嵩在大学当了两年半班长，大三以后直接玩起消失，只见网上新歌频出。有时候，许嵩发现很多老师竟都下了他的歌做手机铃声。毕业前几天，许嵩才知道自己被评为“安徽省十佳青年学生”，公认票数二十万。

一篇《伤仲永》让早慧成为悲剧的代名词，可当天才们止步不前的时候，许嵩依然在坚持打造音乐里的珠玉。

有时候我听着唱机，会庆幸他没有郎朗那样迂腐的中国式父母，满脑子成功学和育儿经，逼得郎朗差点自杀，或说出“只有皇家女才配得上我儿子”这样的雷人话语。因为得到了足够的自由，他的音乐才能那样无拘无束。

喜欢上一个人，却因为他领悟到世界的直白与残酷。四年前，我因为错把许嵩的英文名 vae 打成 vea 而被管理员踢出群。如今，对许嵩的关注却成为一种情怀，爱久见人心。

【文艺青年的骄傲】

许嵩圈子里的朋友并不多，胡夏、王铮亮成为他最志同道合的几个。除了音乐，他感兴趣的仿佛只有文字，典型的文艺青年。不是歌迷不知道，他高中时就曾在《儿童文学》《萌芽》上发表自己的文学作品。文艺范的许嵩写了一篇《把伤痕当酒窝》发到博客上，更被作为当年江苏省省高考模拟卷的阅读题。

借着文学功底的东风，许嵩的口才也常让居心叵测的记者无言以对。

他说："有人问我：我喜欢你三年前歌曲的感觉，能不能多写写这种歌。我想说，'抱歉我不能。重走自己的老路一点儿也不难，就像你五年级的时候我要你做一个三年级的题，有什么难呢？但是如果你有起码的自尊心和进取心——作为五年级的人，应该拒绝做三年级的题。'"

因为有了底线和原则，几家公司抛出的橄榄枝他都一一拒绝。违背自己的本愿做事，把不喜欢的事业做再成功也是最大的失败。诚如高情商的他所言："如果你不开心，是时候停下手中的事业或学业好好思考人生，和自己认真对话了。我亲眼目睹一些人在人生的下坡路上努力飞奔着，头都不带回一下的。"

我一直在想，他是如何浑身是胆地说出那些容易得罪人的大白话，又是如何拒绝金牌卫视芒果台的春晚邀请。

只是这样清醒的人也会犯傻。许嵩后来在日记里坦露过傻气的恋爱经历。成熟如他，将最后一次疯狂献给了女友。热恋时整个世界仿佛只剩下她。后来悄悄约上老妹,一起去为她挑一个圣诞礼物。第二天却收到分手短信。他不甘："可是我已经习惯。"女孩回应："我不够认真，我只当是散心。对不起。"

所以，许嵩的音乐里有了忧郁和悲伤的成分。天涯上有同学却爆料，许嵩曾经开朗，是寝室卧谈会的主持人。倘若哪天这个冷笑话大咖生病，当天就玩不成了。他创造了一票流行词和 N 个同学的外号。

事实上，年少时每个人都以为自己能把日子过成周星驰式的电影，或甜心可人的泡沫剧，但到头来再成功的人，还是要接受各种挑战和挫败。

许嵩终究还是回归到最初的平静里。在一个人懂事以后，必须有义务学会识相：既然没有一台时光机可以回到高枕无忧的孩童时代，也没有旋转门可以穿越到和平号世外桃源的邮轮上。我们只有在现实社会中摸爬滚打，练就一身好武功。

【微博上的大哲学家】

相比在镜头前的拘谨，微博上的许嵩更容易毫无顾忌地展现自己。许嵩的新浪认证写着音乐人，而非当红歌手。在小作坊式的工作室里坚持创作，独行侠般包揽巨细。

他说过，休息好了就一起去迎接新的挑战吧，船停在海港里是最舒服的，但这不是人们制造船的原因；喜欢给好人让道，对小人绕道；还说，听音乐让人快活，做音乐是个慢活……收集起来，简直可以出一本语录。一有闲暇，他就变成一块海绵，恶补各种音乐知识，去上声乐班，研究古诗词、乐理等。还要跟别人学习音乐处理软件。

许嵩身上有一种可贵又难以复制的不羁，大大的外套，长长的头发，白白的皮肤。外貌协会的我们曾坚定地认为，这样打扮的都是小混混。可是现在，这个“小混混”却成了一部分人的精神领袖，连曾轶可和回音哥都忍不住翻唱他的歌。尽管盗版彩铃电商从未给过许嵩相应的报酬；有人冒充官网诈骗；到现在名气越来越大，百度搜许嵩会有很多让人无语的内容：子虚乌有的去世前女友，“被代言”，恶搞等等。

年少时，每个人的个性里都标榜着爱憎分明。很快有人在豆瓣建立了讨厌许嵩小组，娘娘腔、肾虚、和尚念经等差评潮水般涌入视线。

出道以来，许嵩从没逃过被跟其他人捆绑点评的厄运：周杰伦，汪苏泷……许嵩很少正面回应，他坦荡荡：我满意于自己依旧那么的不会做人。对喜欢的人笑脸相待，对厌烦的人敷衍了事。该支持的还是会支持，该厌恶的还是会厌恶。两类人我都感谢，因为无论怎样都是一种坚持的纯粹。

其实这样的人应该活在古代，仙风道骨，茶盏浮花，领着通透过日子。就像等每一个少年长大，知道世事艰难的时候，就总想回到小时候，看着窗外一轮肥月亮，披着被子笑，吃到什么都是香的。我们徜徉在自己的小世界里天高海阔。

时移事往，我们和这个大男孩会愈加清醒独立，像日光下成熟饱满的稻穗一样低着头，不必张扬。

华晨宇：高情商笑傲江湖

【孤独的青春是可耻的】

成名后，华晨宇被网民爆出曾经的素颜照：瘦削，营养不良，留着洗剪吹发型，唯一不变的是黑框眼镜下的呆滞和不争。

时光倒流到华晨宇高一那年，他执意离开父母的羽翼，单身前往武汉学音乐。陪着他一同启程的只有他的那架钢琴。父亲担心儿子贪玩，给他租的房子里安装了一部座机，每天必须打两个电话。这样每次打电话，他都在家里接听，就说明他没有去外面浪荡鬼混。

渐渐地，父亲越来越忙，打电话的次数少了，从一天两个变成后来的两天一个。他意识到亲情的淡薄，却也固执地相信父亲会依然打过来。每天除了练琴，就是盯着电话发呆。

钢琴是他唯一昂贵的装备，他买方便面和矿泉水都是一箱一箱买了扛到出租屋，为了不错漏任何来电。最快乐的时候，是父亲在他生日的时候去看他，会带他下馆子吃好吃的，一天之内给他买好多礼物。那时候送父亲上车，华晨宇就孤零零地站在月台上想，可为什么一年，只有一个生日呢？

2009年，华晨宇高考。他的愿望是上武汉音乐学院，专业课满分，文化课却以一分之差失之交臂。虽然可以有退路选择其他学校，但他却宁愿复读。年纪轻轻的华晨宇，知道自己想要什么，清醒而独立地站在考官面前，面对“为什么要复读”的天问，笑着说：“因为好玩。”

因为好玩。仿佛那些日夜苦练、手指长茧的白天都是醉人的春风，仿佛那些因为练琴，被邻居奶奶投诉扰民、被房东赶走流落街头重新找房子的孤独无助，都是一场梦。

“认真你就输了”这句话在华晨宇身上起着特殊的化学反应。他没有执着于失败的本身，鼓起勇气卷土重来，吃比旁人多一倍的苦。他从不喜欢放大那些耻辱，面对所有的考验和苦难，以玩乐者的心态去对待，他赢了，他终于成为万人之上的王者。

华晨宇有一本记乐谱的本子，它的扉页上写着：孤独的青春是可耻的。他依赖着孤独而强大，却不愿意耽溺于孤独。他清醒地知道，音乐是用来倾诉和流传的，不是孤芳自赏。他渴望有一个舞台，不需要多华丽，但至少可以包容他的任性和倔强。

他没有刻意去找，他在等。直到看见志趣相投的尚雯婕坐上 2013 快男的评委席那天，他将本子撕碎，推翻了从前的自己，带着神神叨叨的无字歌，踏风而来。

【表面上简单的人往往越不简单】

“快男”这样的造梦工厂，专业素养固然重要，但最核心的其实是个人特色。要当那被记住的 30 万分之一，实在不是轻松的事。

华晨宇从海选开始就不走寻常路，先是哼一曲没有歌词的怪歌，得到尚雯婕合作邀约，然后又顺风顺水，一路杀进全国十强。这个火星弟弟，被粉丝们亲切地称为花花。

花花，一般男孩子必然嫌弃太娘娘腔或者烂大街的名字，他如获至宝，欣然接受。

因为限娱令，2013 的快男播出时间严重缩水，快男城堡 24 小时真人秀的视频也不在卫视上播出，但神通广大的粉丝们依然可以在网上扒出视频。其中，最有辨识度的依然是华晨宇——顶着鸟窝头，穿着睡衣跟于湉打情骂俏，好不快活，双方粉丝们一片尖叫。

这时候的华晨宇已经聪明地抓住了腐女市场，并且捆绑营销，买一送一，实在业界良心。

幕后是天然呆，但台上的华晨宇每一套衣服都别出心裁，仿佛真的有国际设计师在为他量身打造。怎么穿有型，怎么搭配显瘦，迷幻视觉系十足，每一场都比其他选手赢在了起跑线上。这个百变少年一会COS学院派哈利波特搞怪，一会如同深情款款的小王子，一会跳鬼马的僵尸舞逆袭全场。放下身段，放下矜持，做一台制造快乐的发动机。他对自己无数次说：华晨宇，你可以。终于，V神杨幂和刻薄的郭小四都对他高调示爱。

看起来一切如无意外，他很可能每次都直接一轮通过——除了五进三的半决赛上，师姐曾轶可助阵，唱了小清新《白色秋天》，却史无前例被待定。

他破天荒在镜头前红着眼落泪，我不是天才，我只是努力得比别人早，你们没看到而已。

如果有一个分贝仪，那么那一刻测试出来的结果一定是当场最高的。华晨宇从来都懂得标榜自己的个性，也因此不被人群淹没。卖萌能手的他看似很好调教，却在其他选手面对评委每次都唯唯诺诺的时候，独自与他们辨析、争论。对的，他无条件接纳；言过其实的，他一律反驳。鲜明的性格和坚定的立场，让他长期霸占着各大网站讨论热度的榜首。

表面上简单的人往往越不简单，华晨宇正太的外表下一定智商情商都惊人，知道自己的短板，也不肯迎合评委，短期内创作口水歌为自己加分。花花像我们每个人成长中都会遇见的那个男生：话不多，脑子好使，关键时刻总会化险为夷。

谁让现在的世界太复杂了，天真固然稀罕，可唯有高智商高情商才能活得最精彩。这个纷繁复杂光怪陆离的歌坛，想要突出重围，要有一点点精分。

只是当时这一哭，连个性古怪的曾轶可都忍不住为他抱不平："好比农夫山泉 90 分，没有再往上走别人就觉得它比不过 80 分的纯净水了。评委标准首先是不公平的。"大家都屏住呼吸，然后掌声雷动。

有没有发现，曾轶可被花花的牛奶给收买，然后又给花花的一顶顶高帽子套得找不到北，其实不管他临场发挥有多不堪，她都铁定已经站在他这边了。

那是华晨宇首次遭遇四位评委和 V 神的集体发难：谢霆锋只打出 80 分，李宇春也认为华晨宇应多去拓展歌路，陈坤痛心疾首地摇头叹息，没有人预测到宠儿华晨宇居然会站上 PK 台。

而跟他 PK 的，便是他的好基友于湉！两个人彼此微笑，耳语，台下却心如刀割，哭声一片。

其实到了这一步，输赢真的不要紧。因为他是华晨宇，此处不留人，江湖依然会流传着他不朽的传奇。最终他被留下，因为有无数双耳朵想听他继续疯狂。

【他急切需要成功，却鄙视一切成功学】

从爆红到夺冠，正式以艺人身份出道的华晨宇从未像其他一夜成名的伙伴那样，开口闭口都是励志的心灵鸡汤。他急迫想要被肯定的成功，却厌恶营销成功学。哪怕那一晚他打开微博私信，发现有粉丝告诉他因为失恋想自残，他都可以用激将法冷静地回复她：你的感情失败了，不代表你的人生就是失败的。你可以活出自己给他看，但如果你自己都放弃自己，这将是一件死无对证的事情，多亏啊！

直白的话一针见血，歌迷不再颓废，换了满意的新工作，还为他创作了 Q 版漫画形象大受好评。

“都好啊”“随便啊”是华晨宇私下的口头禅，然而不管是为杂志拍封面还是全国巡演，每一次站上舞台，只要眼前有一根荧光棒是为自己而亮，他就认定必须对那根荧光棒负责。是不是父母离异的小孩，都格外渴望爱，哪怕这一份爱，来自于陌生的歌迷？

他一定吃透了整套厚黑学，面对内定三强、富二代、花花公子的传言，也不羞不恼不解释。成为艺人以后，他的对手就不再是舞台上的兄弟，不是当初那样劲歌热舞比不过欧豪，接地气又拼不过白举纲，就能另寻出路。面对批量制造偶像的娱乐圈，他只有不断给人惊喜，才能被记住。

拼命之余，他也懂得释放自己。忙里偷闲和朋友骑车畅游大西北，在沙漠抓蜥蜴，发发微博晒晒太阳，给透支体力的自己充电。

除了跟EXO-M并肩赢取新人王的奖座，如今华晨宇还在备战直通春晚的节目。有趣的是，他依然说："不会唱自己的歌。"灵感需要积累迸发，靠创作一鸣惊人是最好的，但他不需要快餐式应付式的创作。

看清自己，比看清别人更难能可贵。在粉丝需求和接纳不完美的自己中，花花抓到了黄金分割点，游刃有余。

哪怕有短板，学会坚持自己的态度来和这个世界握手言和，少年依然会魅力四射，无国界通杀到天荒地老。

陆毅：
岁月请别伤害他

【像盛夏光年一样热烈】

1999年夏天,陆毅带着他的毕业大戏《家》和小剧场话剧《庄子戏妻》进京演出。他唇形特别迷人，一张嘴就露出一口亮瞎眼球的大白牙：“像我这个年龄，出去说自己是演技派，也没人会相信。但如果角色的年龄和我差不多,哪怕脾气性格与我差距非常大,我仍然可以演好。”

你没看错，15年前的小生陆毅已经这么自信，因为底气十足。鲜有人知道，这个年轻的男孩五岁就已开始演戏。而最好的青春是在上戏（上海戏剧学院）的 4 年，陆毅踏踏实实地学习专业课，班里排的不论是小品还是大戏，陆毅几乎都是主要角色。在人人仰望的演艺圈、名利场，陆毅也希望自己能被广大观众接受认可，但他对生活甚至事业都没有太多的奢望，他不会为自己制订什么人生目标，也从不去幻想不现实的东西，他从来都相信命运的顺水推舟。如果有导演来学校选演员，陆毅从来不主动去争取。但是，不争取并不代表不上进，对于每一个降临在他面前的机会，陆毅都毫不犹豫地珍惜善待。大学期间他还是拍了三部戏《天下第一情》《烟雨红尘》《永不瞑目》。

在公众面前，陆毅淡定理智，很少会感情用事。不管什么场合，他的表情永远那么平静，外表阳光青春，内心却像住了一个小老头。他的语速总是保持在一个缓慢的速度上。他的表情告诉你，他是真诚的。然而在私底下，他却显得有些稚嫩孩子气：喜欢玩电脑游戏；喜欢在 KTV 包间里当麦霸；甚至因为他新买的手提电脑无法上网，他也会一整天一个人闷在房里不说话。

因为被定型为青春阳光男孩，许多业内人士认为陆毅的戏路不宽，很难再有新的发展。但还是那句话，没人会甘心一直平淡下去，陆毅一直在寻求突破。他一声不响地推掉 2001 年央视春节联欢晚会这个可以使他的价值直线飙升的机会，只身一人背着行囊去了无锡的影视基地，每天只睡两三个小时，为的就是把脸涂黑，全心全意地演绎少年包青天这个充满挑战的角色。等他拍完的时候，出人意料地留起一头乱蓬蓬的长发。没错，这也是他的新尝试之一。他甚至尝试了出专辑。2003年,他的工作重心开始向音乐倾斜。每天别的老人在公园舞剑唱曲时，都能见到一个戴着墨镜的小伙子在不远处的凉亭练习声乐。他们没猜到那是一个叫陆毅的男明星。他们甚至以为那是一个可怜的盲人。熹微晨光照在他轮廓分明的脸上，却没有照亮他的前程。

他在北京电视台的中秋晚会上，一个人站在角落里，白衬衫蓝牛仔裤，玉树临风谦逊有礼，但没有媒体包围他，哪怕所有人都会不自觉地注视他。他的人生似乎走到了岔路口，倒不回去，也不知道如何迈出下一步。

直到出演新三国。张飞灵堂，相府弹琴，白帝托孤的诸葛亮，角色上身，不见陆毅，只见孔明。我们突然在一夜之间发现，陆毅原来也会老，他的灵魂里并不是没有一丝华发。

【你只需努力，剩下的交给时光】

在进行了长达近10年的恋爱马拉松后，陆毅、鲍蕾这对大学眷侣终于用一纸证书来证明对彼此的爱。那时候，他进入而立之年。

都说上海男人好逸恶劳，不豪气，不拼死拼活。然而10年来，陆毅和鲍蕾竟然没有时间结伴旅行过。陆毅很忙，主动地计划许多事情，又被动地放弃原先的设想。好不容易闲下来也只能用视频和语音跟恋人聊聊天。别人以为很甜蜜，却不知两人只一个照面，就过了一招。

鲍蕾的心是善良的，但她的嘴一点不善良。她终于开始像别的女孩那样，诸多挑剔，要求陪伴。斗嘴总是特别爽快，可一个人的时候，他就有那么一点难过和内疚了。

陆毅于是请了长假，如同任何巨星在最辉煌的时候隐退，甚至连一场阔别演唱会都没开。休息的日子真是美极了，他可以隔三岔五去打打最喜欢的羽毛球、约同学好友聚会吃饭。直到这个时候，一个工作狂才发现旷工玩乐的日子多么叫人兴奋，忘却烦恼。再有人提到娱乐圈，他会若有所思地从没心没肺中深沉起来："复杂，非常复杂，唯一的办法是不变应万变，保护好自己，同时不伤害别人。"

曾经，他因为一心帮朋友而失去立场。结婚以后，陆毅承认自己整个人改变很多，心态也调整得特别好，不会再像以前那么任性地接戏了。他会选一些比较厚重的角色来演，而不会再碍于情面接一些朋友出炉的、剧本很一般的戏。帮了别人，违背的却是自己的心。粉丝心疼地说，"炉子"不太会保护自己，不会说谎，不会作秀，不会包装，也不晓得找个有权势的大公司做靠山。这样的个性、作风在娱乐圈注定是被人欺负的，他唯一的优势是心态好，有韧性，抗打击能力强。

然而，玩乐固然舒服，但成家后的陆毅更注重撑起家里的一片天。休整过后，他变得有了沉淀，也有了勇气，由衷觉得自己应该也必须与喜爱他的观众一起成长，甚至想演演坏人挑战自我。2013 年陆毅便在《假如生活欺骗了你》剧中演了一个攀高枝的凤凰男。不过最后，还是凭借洗心革面的努力修得圆满，携手笑对岁月的磨砺，播出后在同期影视剧拿下收视率第一。

你只需努力，剩下的交给时光。陆毅的演技越来越精湛，而妻子则负责持家和理财，炒股特别有一手，像打麻将一样走运。鲍蕾笑着说："陆毅是最好的，十全十美。"

这个陆毅背后的女人贤惠到什么程度？有次陆毅约好开车去接她回家，可有事耽搁，当他火急火燎赶到时，却被她的闺蜜告知，她一个小时前已经走了。陆毅原路返回，奇怪的是，到家后妻子却温柔地说："啊，真巧，我前脚进家门你就回来啦，忙了一天吧？快去洗个澡。"

再后来，女儿也平安降世。他从模范丈夫升级当了贴心父亲。妻子和女儿，两个幸福的女子，一个抓着一手好牌，牢牢看住他；一个握住把萌牌，很讨喜并逗乐。

【好宝贝都被观众宠爱，好爸爸都被节目组“玩坏”】

现在百度里搜索陆毅时，搜出来的首页铺天盖地都是他和女儿贝贝参加《爸爸去哪儿 2》的消息。这世道，做哪一行都不容易。看到平时高大上的明星老爸们越狼狈，观众们就看得越带劲。这种快感是为暗爽。被大家公认为最帅的爸爸陆毅不仅吐槽自己被节目整得满身泥，而且累到没时间耍帅。陆毅说，第一站录制就特别坑人，进村就走了一个半小时的路。“而且是山路，到了村子里，休息的机会都没有，直接就比赛。”最后陆毅比输了，要挑水上到山顶。于是相比之后大家直呼，第一季的游戏和惩罚简直太小儿科了。

后来《爸爸去哪儿 2》的见面会在陆毅家门口上海亮相的时候，贝儿打扮得像小公主，还现场清唱《爸爸》主题曲送给全天下的父亲。媒体称赞贝儿腿长漂亮，陆毅聪明地接过话茬，说是遗传自她妈妈。陆毅更是扔出亲子装送给台下粉丝群，惊人的臂力尽显男神风范。

他也表达了全天下爸爸都有的担心，跟韩寒如出一辙：担心她遇人不淑。不管淑不淑，唯一可以肯定的是，贝儿出嫁的时候，自己一定哭晕倒。

其实，在 2008 年陆毅就有第一次大范围接触、教育儿童的机会。那时候陆毅主动参加公益活动，并受聘成了希望小学校外体育辅导员去甘肃会宁，为当地小学送去一批体育器材，并亲自给孩子们上体育课。陆毅毫无架子，让人如沐春风，用别人的形容来说就是：你能感觉到他的体贴，但却不觉得他过分张罗。

至于自己在节目中的表现，陆毅说："我应该在五个爸爸里面排名第二吧。"记者问谁排第一？他哈哈大笑说："没有人敢说自己是第一。"对于其他几位爸爸的类型，他评价说："其实黄磊是大家都会学习的对象，因为他不仅做饭有一套，而且我们可以从他的孩子多多身上看出一些非常好的品质，他是有一套很系统的教育方法的；杨威因为是运动员出身，所以每次玩游戏都非常注重规则；曹格是最累的，因为他一个人带了两个孩子，每次看到他，他的表情都很苦闷；吴镇宇对儿子的教育方式则是恩威并施，总之我们每个爸爸的教育方式都不一样。" 你不难发现，当了爸爸的陆毅变得健谈，也有点风趣，一点没有装酷或者拗着的感觉。那个从前不善言辞，甚至稍显木讷的大男孩，已经在时光的洪流里消失不见了。唯一不变的是一次次推翻过去自己的决心。

这就是如今的陆毅，睿智明亮，宽厚坚韧。女人一直变老，而男人一直在长大，奇妙的激素在每个男人身上发生了巨大的化学反应。他的座右铭很简单很普通："认认真真做事，干干净净做人。"事实证明，女儿被挑剔的观众评价越长越萌，而他也被看轻他的人承认越看越顺眼。要知道在这个很多人相互看不顺眼的年代，这可是特别特别高的评价了。

彭于晏：
也无趣，也自律

【开了男士比胸时代的先河】

不知道从什么时候开始，流行起了这样一类男生：不管是《流星花园》里光芒盖过男一号的花泽类，还是《恶作剧之吻》里郑元畅扮演的长发情圣江直树。仿佛比林黛玉还忧郁娇弱的病态美少年，一夜之间成了万千少女的择偶首选标配。

于是那个男孩，凭借处女作《爱情白皮书》中的顽皮邻家小哥模样，走进了我们的视野，一夜之间，带着痞笑的不羁酒窝笑脸，亮起了阴柔男主的终结警报。

他是彭于晏。原本是赶到台湾为外婆奔丧，眼泪还没来得及洗刷悲伤，就被星探拉进摄影棚，他还没缓过神来，以为是动荡乱世里的一场黑道绑架。

很傻很天真的大学生，在 2002 年的暑假被意外改写了人生，并开启了男性比胸肌的年代。提起他，难免想起韩星 Rain，同样拥有一副绝赞身材、古铜色肌肉，在演唱会的舞台上有资本大秀人鱼线。他们都有型有款，活力四射，属于穿衣显瘦脱衣有肉的范儿。

然而，彭于晏的娱乐圈之路却走得比顺风顺水的 Rain 同学坎坷许多。先是金马奖、金像奖、金鹿奖都是入围提名，被黑粉嘲笑专业陪跑三十年。接着，成名后还面临经纪合约纠纷，一度被公司雪藏，一年多没有收入，还要面对巨额资金的索赔，焦虑到失眠，甚至想回去读书、学画画或再从商。

别忘了，13 岁他就和家人移民到加拿大，成为哥伦比亚商学科的高才生，彭于晏家里人原本期望他的人生轨迹就是老老实实从商。商场风云再怎么变幻，也不如影视圈来得复杂。

那时候他已经出道七年，喜爱他的人有一部分验证了七年之痒这个词，逐渐离开。然而胜诉后，彭于晏整个人的锐气却不减反增。

告别了《我在垦丁天气晴》和《听说》之类的小清新类型，他接触更多的是肉搏战戏路。和影帝梁家辉合作《激战》，彭于晏被打得拳拳到肉，身上伤痕累累，很多瘀血，还要笑着在镜头面前安慰心疼他的粉丝："没事，喜欢扎实的动作，不喜欢飞来飞去，有时要去挑战安全与不安全中间的界限，拍出来才震撼。"最后梁家辉卸完妆，被他的敬业精神感动，直接认他为干儿子。

现年 32 岁的彭于晏让人联想起娱乐圈里的其他范本。谢霆锋在这个年纪，早已经历过好几段大起大落的感情，周杰伦直接娶了嫩模升级人夫，大有过几年就抱着小孩参加《爸爸去哪儿》系列的趋势。但彭于晏的时间却用来一个人"为所欲为"：先花了近一年的时间学武术，又花了 3 个多月骑行，每天踩一百公里，在接新戏之前领了室内骑行权威认证。

【如果没有过硬的心理素质，早已经得了分裂症】

如今彭于晏已经不愿去回忆那些低迷的过往，这个天生擅长自我安慰的男孩，活得像一棵耸入云际的柏树，刚正得有些偏执："别人问我为什么这么拼，如果你什么都没有，只有一个机会，一部戏，一个角色，为什么不拼？"

就像刘德华不喜欢牛奶，家里不允许摆放镜子，梁朝伟喜欢喂鸽子，稍微出名的男艺人都有几分怪癖，彭于晏也不例外。他会去和咖啡店店员聊天，关心咖啡的做法和店铺的运营，还考虑"要不要开一家咖啡店，不拍戏就做咖啡给大家喝”；还会跟木工请教如何做家具；以及计划学习画画、书法、篆刻等。他看得很开，将自己定位成演员中的工人，不想做固守一隅的安静花瓶美男子。

上一周刚结束打打杀杀的武侠片，马上又进入到《匆匆那年》，装嫩扮纯情，回到校园玩拍拖。如果没有过硬的心理素质，就算当时闹官司时没患上抑郁症，现在也难免得个分裂症。

182cm 的身躯再配上颜值高的脸蛋，又擅长游泳、打篮球、冲浪和绘画，硬件软件都一流，彭于晏在荧幕前后都显得天然无害。然而，与电视上不同的是，生活中彭于晏虽然过了小鲜肉的年纪，但在他硬汉的外表下却藏着一颗保守传统的心，平时除了拍戏硬性要求，只在家里和海边才愿意光膀子露肉。拍《风中奇缘》时，明明是和刘诗诗谈恋爱，可奇葩的粉丝团自发成立了 “彭胡弯”，是部分观众为了支持彭于晏和胡歌这对男男组合产生的，他赶紧澄清自己的正常取向，认真得被说开不起玩笑，没幽默细胞。

面对圈子里形形色色的诱惑，不同于一夜成名便出事的柯震东等人，彭于晏则走在另一个格子里，坚持健身，戒烟戒酒，看似活成了无趣无欲的烂好人标本，还有观众毒舌他身上提炼不出特点，当明星不会被记住，应该去做和尚。其实是足够稳重和睿智。经历过十多年的磨砺，他终于成为宝岛在内地最成功的男演员，从低谷里好不容易爬出来的彭于晏总是清醒如钟，会再次把他拉入低谷的一类事物，见到都会绕道走。

“我觉得其实有梦想的人就是英雄，因为梦想才能成就英雄，而不是英雄造梦。”

在动荡乱世，他想成为少年黄飞鸿现实版，随意拉动生命的进度条都能看到熠熠生辉的光芒。

他红得慢，却可以红很久。因为，懂得节制和自律，平淡之下美好的特质，总会流逝得很慢很慢。

张杰：
诠释最接地气的青春

曾经，张杰站在《我型我秀》的舞台上，看着舞台下的荧光棒，以为自己领悟透了以梦为马的快乐。

很久以后的张杰，开了一场场需要临场加 VIP 席位的个唱，交出一张张畅销唱片的成绩单，看着满目状观的蓝色星海，忽然哽咽着对自己说："你的征途在大海，才刚刚扬帆起航。"

当《快乐大本营》为他制作十年出道回顾时，最先把他自己感动的就是他自己的经历。

他的家境贫寒在圈子里早已不是什么秘密，母亲很早就下岗了，靠摆摊卖米线为生；父亲退休后在一个工厂看门。张杰自打考上大学后,就去酒吧驻唱挣钱。有一个夸张的说法至今不知真假，他大学四年都穿着亲戚哥哥的旧球鞋度过。

因为太早经历这些动荡，张杰心底装的不是父母对他的亏欠，只有感恩，只能靠将音乐天赋一点点发扬光大，才能改写命运。

除了声音的清透，外表质朴的张杰实在很难让人爱得刻骨铭心。

你说是对惨绿少年冒出的同情心和母爱光环吗？不，别拿爱豆当宠物；你说是对音乐孜孜不倦的专注吗？抱歉，街头卖唱、因为玩摇滚穷三代的流浪艺人比比皆是，这些人热血比他少吗？

只是不知道有没有人跟我一样，觉得张杰没有任何架子和距离。

他很容易让人联想到，人生若只如初见时那个校园里人畜无害的天然呆男孩。你假装不经意拿过他的手机，气馁地发现哪里有什么秘密，一切都是浮云。成绩平平，兴趣寡淡，口才也不讨喜，若不是特别关照就失去存在感。却忽然有一次，某场文艺晚会的才艺 show 将他推到女生点击率的巅峰。男孩站在镁光灯下举重若轻地说："我要做自己的 hero。"

射手座从来都是乐观坚强的最佳代言人。心比天高和安分守己本身不存在任何矛盾。他们以完美的比例寄居在张杰身上，和平共处。在踏上“快男”舞台前那段郁郁不得志的岁月，张杰触碰过梦想的模样，又猛然落空。

自诩聪明的人会站出来，痛批一顿旧东家，获得舆论支持后再大义凛然地弃暗投明。

张杰却收敛锋芒，去参加收视率最高的比赛，一点退路都不给自己留，有点飞蛾扑火的意思。

从一座城市迁移到另一座城市；从一片人海穿越到另一片人海中。张杰就是有这样揪着自己的头发连根拔起的勇气。

对于一名歌者，改变不是最难容忍的事情，沉寂才是。

【时间会给你交代】

在“土豪”这个词没有被重新注解之前，张杰的土早已形影相随。

几年前，刚从“快男”毕业的他为了宣传来之不易的新专辑，根本不会开口跟经纪公司要很高的出场费。特别是非常重要的节目，没有出场费用也会参加。很长一段时间里，他入不敷出，借宿在朋友家里。所以，哪里有闲钱去扫奢侈品衬托自己呢？注定了留着周杰伦式的洗剪吹刘海儿，专辑造型从封面到内页都被批；注定了被公司施舍一点演出机会就如获至宝，参加颁奖典礼也穿着租借的斗篷，被时尚博主恶语嘲讽：张杰以为自己来到了霍格沃茨魔法学校，只能说你摊上大事儿了，伏地魔等着你呢；再后来，走秀场上依稀可见他的身影，又被拿来跟国际名模穿衣对比，看官们笑而不语。

张杰的木讷和无争，在这些关口反而成了他的保护色。他想要的生活，跟演唱会一样纯粹，简简单单。他诠释的不是高大上的阶级，而是我们接地气的青春——跟所有用心过日子的年轻人无异。散步要有爱，对家人要有爱，吃饭要有爱……

仿佛是宿命开的玩笑，直到后援会集资为偶像赎身的大事件，炒起冷饭来满城风雨，天涯毒舌大军盖起高楼，指责他骗钱敛财。当一千分贝流言蜚语开满了青春的枝丫，处于事业爱情双丰收时期的张杰忽然一蹶不振了。比起愤怒，更可怕的是心寒。

那些辗转失眠的暗夜，他是怎样熬过来的？爱他的人自然会开导他，但走出阴影靠的只能是自己。终于有一天，他哭过也醉过，忽然脑袋开窍了：不做逃兵，一个一个难题去应付，不怕挫折，时间会给你一个交代。唯有实力是反击伤害最响亮的耳光。他照旧该接通告接通告，该睡觉睡觉。亲者痛仇者快的，买卖本身不太划算。

如今，张杰加入《我是歌手》再度掀起轩然大波。在此之前，由于张杰高频率出现在湖南卫视，被观众争议性地称为“偏袒自家女婿”；而今，张杰用自己爆发式表演震惊四座，证明“芒果之王”

的地位绝非虚名。

现在的张杰刘海儿剪短了一点，也不再挑染，在《我是歌手》里一跃成了卖萌专业户，开始懂得如何跟陌生人打交道。

跳着天王迈克尔•杰克逊的舞步，唱着张雨生的正能量老歌，逝者已逝，他在万人瞩目下向坚持致敬，为音乐干杯。终于，就连曾经对他毫不待见的观众都有些由黑转粉的节奏了，集体冒泡说：在中国，现在这么浮躁的环境下，仍然能保持初衷勿忘初心，朴实的气质实在很难得。

哪怕仍然会一路遭到冷眼与质疑，嘲笑与打击。

到头来，张杰就是每一个 80、90 后的缩影：青春乏善可陈，路途遥远却且不顺坦，成不了最顶尖的那一小撮，却永远力争上游肝胆相照。

原来，每个人的选择空间都是极有限的，更多时候都被生活的浪潮推着走不能责怪，只许心疼，无须善变，只需更好。

【舞台上的早熟唱将，现实中的浪漫败寇】

何炅在《背后的故事》推心置腹地说过：“一个男孩子那么艰难的时候，一个女孩子可以这样跟他肝胆相照，可以牺牲很多自己的利益，被别人指三说四的时候，这种感情不管是友情还是爱情，都是值得去歌颂的真情！”

但言下之意，谢娜的付出比闷骚木讷的张杰要多得多。

试想一下，你的白马王子，从确定恋爱那一刻起，根本就不会有红玫瑰和香槟加持，你甘愿付出，他甘愿接受，寂静往来……你一定觉得这段感情无聊又无趣到掉渣吧。无聊是万恶之源，多少人望而生畏，可张杰偏偏本性难移，波澜不惊。

到了后来，不论谁都能一脸坚定地告诉你，其实张杰是一个不善于表达自己感情的人。

正如他在写真自传里坦白：“我一直认为爱情是两个人的事情，比较私密隐讳的事情，同时也是神圣平静的。在两个人的世界里，你关心我，我照顾你，没有天长地久的誓言，也不需要天荒地老的承诺。”

好在对方是那个机灵古怪的谢娜，可以低到尘埃之后再一路满血复活。

终于，他好像变得聪明了一点点。懂得在节目中深情告白，虽然一语带过。他也开始懂得寻求外援，建立求婚智囊团，每天跟知己们开头脑风暴大会，商讨如何用一只戒指套牢一辈子的承诺。

当张杰牵起身披白纱笑靥如花的女人，仿佛又回到了那一年，主持人柳岩为谢娜戴上眼罩，让还是小花旦的她用手去摸每位选手，谢娜去捏他的嘴巴，他立刻默契的反咬她的手指。为了与她“速配”成功，当时体重超过一百斤的谢娜就坐在瘦弱的张杰的背上，所有的人都为他捏了一把汗。可是张杰拼尽全力一连做了六个俯卧撑。

有些男人谈不上有多坏，但就是不懂什么叫爱和尊重。有些男人舌灿莲花,用花言巧语描绘最虚伪的幸福蓝图。而千山万水里，有一瓢以张杰命名的清泉，男孩无须高调喧哗，只用行动和信仰，赐予她最宝贵的幸福。

周笔畅：不好意思，没有变成你们想要的样子

【For 父母】

周笔畅天生反骨。少女时代，不认识周笔畅的人都以为她是个异装癖。犯了错，家里人再打骂都没用，那种怎么打也不哭、一停手就原地满血复活的姿态让他们产生由衷的挫败感。既没有按照母亲的意愿继承民歌天赋，也没有在父亲唐僧附体的碎碎念里将体操进行到底。她连填个志愿都是先斩后奏。或许骨血里那种

叛逆让她的星光大道荆棘丛生。

和天娱解约三年后，又和乐林关系恶化的消息闹得满城风雨。当年的报道里铺天盖地说周笔畅是难搞的烫手山芋，性格又不好相处。却鲜有人知道，事情的导火索是因为乐林公司开除了兢兢业业帮周笔畅争取宣传机会的贴身助理。公司给的诱惑是续约就给她开校园巡演，但周笔畅儿时的枕边书是武侠小说，她当然不能放弃情义，毅然再度解约。

从问题儿童到问题歌手，周笔畅的叛逆期仿佛比别人长出十年。然而逆反的背后，却是遵从自己的内心。你要她唱最有市场的疗伤情歌，她却偏爱小众“过时”的 R&B，你要她现场假唱对口型，她给你拍胸口保证可以做到跟唱片效果没差。

小时候学过的课本，每个都有公式和标准答案，她却想成为特例，直到锋芒毕露。

周杰伦说，那个小女生唱得还真不错，绝对是女版周杰伦。陈奕迅说，你看她一个爆炸头，然后站在那边，拿个话筒，就感觉好像拿着冰激凌甜筒一样，低头就可以嗦一口。

但足够卖力就能万丈光明？拜托，这种心灵鸡汤你也信。那次解约是她人生中最漫长的隧道。被要求一天之内搬离公司公寓，甚至连粉丝们买给她的礼物，一只话筒，也被当做公物回收。随后关机，可以独吞的商演不接，可以上头条的访谈不理，直接玩起了消失。

而事关歌迷最牵肠挂肚的事业，她却例外回应。在博客说，我不害怕，我很爱它。大不了我再回到音乐的原点。

在周笔畅心中，稀罕的不是遇见，是理解。对她的热爱、煎熬报以虔诚的尊重,不然就别当一路人。而明天？谁有空去想明天。好与坏，Let it go。

性格和命运斗智斗勇，运气不好的人大概容易得失心疯。但一步一个脚印的人，最终会给世人诠释，什么才叫王者。

【For 歌迷】

如今的周笔畅不再是中性西装，黑框眼镜，发顶涂满定型水。

是的，当你以为她会一直那样像哆啦 A 梦般走可爱路线到老的时候，她穿起了抵死抗拒的裙子，戴着隐形，画着邪魅的黑眼线款款而来。是美剧里大玩变身的 ET，还是失去个性的不归路？

明星整形一个个偷偷摸摸，她却在八婆云集的微博高调自黑："不戴眼镜和戴眼镜的差别真的有那么大么？你们信啊——好吧我说实话。其实我是微调了，猜猜我调了哪里。"

到底调光调色还是真的改造了一下，真没那么重要。不然韩剧一个个还看得下去吗。大智若愚的周笔畅东山再起，是想让粉丝多关心她的音乐。

"音乐是长久的，而人不可以。"她的笑容甚至有点悲伤。

要坐过冷板凳，才知道冷的好。没有体会过谷底，便无缘直上云霄的快感。当所有人觉得她迫切回归是为了敛财时，她再次不按常理出牌。忙碌之余参加《天声一队》，为偏远山区孩子实现校车愿望，又马不停蹄现身《梦想合唱团》，为贫困聋儿募集更换人工耳蜗手术费。“2013 中国慈善名人榜”上，周笔畅与刘德华、范冰冰并排在第 17 位，是前 20 榜单中最年轻的明星。

当曾经叛逆却无害的邻家女孩，长成上善若水熠熠发光的女王，就连最众口难调的豆瓣网站也对她的新专辑《UnLock》打出 8.0 以上的高分。

曾经高贵冷艳、拒绝街拍的偶像，却在粉丝困在台湾地震时，发求助信请求当地人帮忙。周笔畅一点点变得通融，成长得超出江湖的预期。周笔畅很聪明，她厌倦一成不变，哪怕有一撮人大喊“你变了，不再是当初的你”而粉转黑。

我想，悠长岁月里沉寂的周笔畅一定啃了不少厚黑学。她明白，长大以后的世界本就是个巨大的实验室，除了自己，跳梁小丑永远不会对你有所帮助。在骨感的现实面前明智地改写命运，绝不当小丑与逃兵。她自己成立工作室，创立潮牌，人送外号“周老板”，终于活得自在踏实了些，夜里不再做噩梦，脸上的光彩也比前几年多了许多。她将自己的城堡推翻、归零，渐渐上了道，没人会设想过周笔畅也能成为时尚杂志宠儿，还能把长沙式口音的普通话修正，去深夜电台客串一把 DJ。

生活的横截面变宽了，粉丝也不再单单是最初喜欢音乐的那批。

【For 世界】

汪涵说，笔笔应该生活在世外桃源，没有纷争，没有诽谤，没有谩骂，也没有诋毁的地方。“从 2005 年到现在，我们只看到萤火虫身上闪烁着光芒，却没有看见它身后拼命扇动的翅膀。”说到动情处，镜头里清晰可见大叔眼中泛着光。

这未免有点太理想主义。娱乐圈始终是名利场，好人缘的偏爱本不算雪中救命的炭，只是锦上添的花。周笔畅心底也永远有一份感激，把自己演唱会 1 排 1 座的 VIP 门票印上汪涵的名字，亲手奉上。《我是歌手》纪录片，汪涵直言不讳：“我对笔笔，那肯定是心存偏爱的，不管她怎样我都觉得她很好，这就是偏爱，没有理由。”韦唯更直接认她作干女儿。总决赛第一轮就被刷下来，中国好闺蜜杨幂也发来“贺电”撑腰，自嘲不用听见《爱的供养》了。

演唱会被周笔畅视为生命，周笔畅从未请过任何演唱嘉宾现场助阵。谁都没想到，在 2013 年的深圳演唱会上，她竟然会邀请新人白举纲担纲嘉宾，只为了履行当初一句诺言。

圈子里广为流传的段子是：明星里也有“鄙视链”：大咖 > 过气咖 > 小咖 > 选秀咖。当大家以为周笔畅好不容易脱离了金字塔的底层时，她却对那些草根后辈情有独钟。看到单纯执着的小白，就像看到当年的自己。她笑起来云淡风轻，说希望这个 90 后被壁立万仞的娱乐圈包容。

笔亲们也不会忘记曾经五味杂陈的夜晚，多少人在骂周笔畅老油条了竟然不敌多亮，跟他合唱《小情歌》犯下跑调儿这种不可思议的 bug。周笔畅始终沉默不作回应。若不是当晚多亮的致歉微博，路人甲们永远不明真相。她推掉重要工作、毅然前往，哪怕只是当一个配角。她在他唱错段落的时候仍是鼎力帮助，从和音马上转到主调，不惜背上走音的骂名。她在台后默默安慰揪着头发的多亮，甘心当衬托新人的绿叶。

连笔亲都看不下去了，留言说："你看看人家，一演唱会都是十多场地开，你呢，一场演唱会歇半年，抢票死伤一片。你就虐我们吧，哼。要是今年没看到你演唱会，我就天天来你微博挤对你，哼。"

书法功底深厚的她，挥毫泼墨写下"在这个浮躁且充满诱惑的时代，每个单纯坚定的追梦人都应该被善待。"

洗净铅华，返璞归真。没有常态，没有真理，你改变了什么，抑或丢失掉什么，都好说。

只愿你被这世界温柔相待。

吴亦凡：走的才不是狗屎运

【争议才是最大的卖点】

2007年，吴亦凡加入了韩国SM娱乐公司，参加练习生培训。2012年作为EXO组合成员正式出道，并成为EXO-M队长。然而，就在EXO最所向披靡势不可挡的时候，2014年5月15日，当红炸子鸡吴亦凡却向首尔中央地方法院请求判决离开公司。这个外形帅气、霸气外露的少年，一下子引发了最喧嚣的蝴蝶风暴。有媒体晒出吴亦凡的医学检验报告单，称吴亦凡疑似患有心肌炎，如果不好好休息可能猝死。

就连昔日关系并不交恶的金希澈，也在韩国综艺对话节目批评吴亦凡在 EXO 演唱会还剩一周时突然退出，让 EXO 其他成员为演唱会做的各项准备都付之东流，舞台上的移动路线还有一些舞蹈动作都必须重新设计，这无疑是辜负了广大粉丝还有 EXO 其他成员对他的信赖。

这是一个有争议才有卖点、才能上头条的奇葩年代，但对于吴亦凡最给力的力量，是得到了众多粉丝的不离不弃。

要知道，几年前他的师兄韩庚也是走了相同的路，才得以从韩国回到内地发展，可惜好景不长，组合里的单飞人前景都不太光明。

然而，作为熟悉喜爱他的人，必定从他坚定的眉眼之间，相信无论坦途还是弯路，他都甘之如饴。

于是渐渐带着好奇去了解这个 90 后：吴亦凡原名李嘉恒，是土生土长的广州人。吴亦凡 10 岁那年，父母因感情破裂离婚，而吴亦凡跟从母亲移民到加拿大温哥华。到加拿大后，母亲改嫁，吴亦凡也改跟继父姓，改名为吴亦凡，现在是加拿大籍的华裔人。

闪婚闪离最大的受害者都是无知父母的孩子。吴亦凡年少便经历过这么多动荡，年纪尚小的他隐忍过多少苦痛，从不对外张扬，而是守口如瓶。终于，伤痕变成了最耀眼的勋章，磨炼了他平稳的性格，独立之余还能处处照顾别人，这也是他能够胜任队长的一个原因。

记得几年前我看电视节目时，正好在播韩国某女子团体在内地露天舞台上表演，边唱边跳。四面吹来的大风吹乱了她们的长发，几乎挡住大半张脸，可她们依然穿着单薄的衣服，淡定地完成了表演，全程天衣无缝。真是头可断，发型可乱，演出不可黄。

如此业界良心的完美演出，完全没有任何怯场和水分，叫我这个路人也为之叹服。

韩国艺人的培训比国内严酷许多，SM 公司对待他就像是对待机器零件一样，根本不顾及他的意见和身体状况。

吴亦凡何尝不是如此，作为佼佼者进入公司当练习生，这也是最艰苦的岁月，不咬紧牙关一路打怪，就无法熬到出头天。

生命中很多事情就是这样：你以为永远不会享有的荣光，正在赶过来的路上；你以为穷尽一世都会一成不变的平淡生活，早已在岁月中改变了模样。

然而娱乐圈从不稀缺的便是捕风捉影的神技能。比如上一档娱乐节目和宋茜接个吻也能躺枪，立马就有人赐封他是尼坤的接盘侠。而另一派系的粉丝——牛鹿党，是庞大的腐女天团，则坚持守护吴亦凡和鹿晗的二人世界。“大雪也无法抹去，他们在一起的痕迹”。

【时代不缺乏人才，缺的是能者多劳的全才】

因为活动行程和巡演安排太过密集，从粉丝惊鸿掠影的接机图里，常常能看出吴亦凡眼中的疲惫。从前吴亦凡作为 EXO-M 的队长，精通四种语言，不仅要管理队内成员，还要在海外行程中充当翻译的角色，事无巨细都被这个行动派暖男承包了。而现在，他像个长驱直入的英将，为单门独户而战。靠亲力亲为攻下的城池，也要被有心之人说成走狗屎运。

今年离巢后，机智的吴亦凡回国便秒速变一线红星，不仅电影代言接不断，跨年晚会上成为了三家金牌卫视争抢的明星。最终他选择了回老家广州，和邓超领跑的“跑男团”亲密接触。

之后，吴亦凡担任徐静蕾执导的电影《有一个地方只有我们知道》男主角，票房大卖，电影《夏有乔木》确定由吴亦凡出演夏木。

貌美、有颜值，是青春偶像的共性，但吴亦凡、鹿晗，有别于以往大部分青春偶像，在外形上，可能就是“呆萌”气了，不需要显得更有个性、更酷炫，而是要人畜无害的萌。拍照 360 度无死角的吴亦凡被粉丝成为雕塑男神。导演徐静蕾认为，吴亦凡的确是摄影师杀手，“第一次看到他，是在有许多演员介绍的一大堆 PDF 文件里，我一眼就看出他很出色，镜头前看到他，尤其会感到这种气势，他本身有种明星气场”。她“每天拿着小鞭子”督促他完成各种学业，包括大提琴课、钢琴课、台词课……最后，连老师都心疼吴亦凡，对徐静蕾说：“一个人怎么能在这么短时间学这么多东西呢？”结果，吴亦凡还真的学会了，“这次他在片里的所有镜头都没用替身。”这让她对吴亦凡好感度更甚，坚信其美好未来。

“2015年工作计划很多，也一直在写歌。我自己对时尚很有兴趣，希望未来也可以在时尚方面有所发展。”至此，我们已经可以想象服装设计出来的第二天淘宝卖家无数“吴亦凡同款”的壮观场面了。

千帆过尽苦尽甘来，许多暗地里落泪的难过在今天终于可以微笑着说起。作为年度老模，吴亦凡真可谓各个圈子都要刷存在感，还给不给其他人活路了？！

井柏然：乐观主义成功学

【他用所有报答爱】

2015 年刚过去四分之一，井柏然的新浪微博粉丝涨到了 910 多万，整整多了百来万，评论与转发也翻了几倍。这一切，都要归功于周播剧《相爱穿梭千年》。与此同时，大器晚成的他接了人生中第一支广告，巴黎欧莱雅男士护肤品。

听起来好像有点心酸，许多一线小鲜肉早已习惯拥有的，他却走了很久才得到。

井柏然父母感情一直不好，出生仅仅28天母亲就离开了他。后来，父母离婚，他被判给父亲抚养。然而父亲并没有承担起作为一个父亲的责任,井柏然从小被奶奶带大。那是他最亲近的长辈。看着别人家的孩子每天上学放学都有父母接送，小柏然不是不羡慕。但是，他很乖，知道奶奶不容易，在奶奶面前总是扮演开心果的角色。

他特别懂事，从不抱怨、不攀比、不乱花钱。在院里玩，小姑娘都能把他欺负哭。他从不乱花一分钱。姑姑大伯给的压岁钱，他都如数交给奶奶，让奶奶买米买面。

“我从小的经历就跟别的孩子不一样，所以我会把一些事情隐藏在心中。我要让大家知道，我跟别的孩子是一样快乐的。”有一次，在放学的路上，他不小心被一个骑自行车的人撞伤，腿磕青了一大块。回到家，奶奶问他怎么回来这么晚时，他第一次撒了谎，说老师留着做作业。

16岁那年，奶奶从楼梯上不小心摔了下来，家里根本拿不出给奶奶看病的钱。 井柏然急得抱着奶奶哭：“我爸不管我也就算了，但他不能不管你。”倔强的少年在一家小酒馆里找到了正打麻将的父亲。可父亲听后一脸漠然：你先回去吧，等我打完这一圈的。井柏然愣住了，抬手掀了麻将桌：“我和奶奶就当没有你，我们再也不会指望着你了。”

情急之下井柏然想到自己长得还算高，加上当时长了婴儿肥的面孔，于是他谎说自己 18 岁，找到了一份送水的工作。于是，瘦弱的柏然扛着一桶桶纯净水穿大街过小巷。那时候他没有手机，有时把水扛到高楼才发现顾客没在家，白跑一趟。也有时，房门打开，看到陌生人家里那些跟自己同龄的孩子在打游戏、上网，被父母娇宠着，他虽然羡慕，却并不悲观。他告诉自己：我要快快乐乐地生活下去！

虽然辛苦打工，但井柏然也未曾怠慢学业。读了艺校后他主修音乐，被老师相中进了歌唱团体“穿越”，经常到各地演出，只不过他每次上台都巴不得躲在角落里扮演道具。逐渐成长后，井柏然慢慢参透了人生名利场的规则。他不希望自己毕业后在小地方朝九晚五地终老一生，于是一边表演一边四处比赛。

“好男儿”的比赛让他一举成名。他眼神倔强，声线醇厚地说：“世界上没有谁是必须爱谁的，但是你们选择爱了我，我就会用所有报答爱。”那时候番茄台的舞台远比财大气粗的芒果台简陋，井柏然却有着君临天下的气质。作为起床特困户的他为了彩排，每天只能睡三四个小时，还要面对兄弟残忍的淘汰离别。

夺冠后的井柏然，不忘用自己的眼睛去看未曾到过的世界。他大量阅读书籍，坚持思考，丰富人生阅历，一点点充实自己。任何时候井柏然都很清醒，他并没有觉得自己那么渺小，也没有觉得自己有那么伟大。

正是这些爱好，让井柏然跟千千万万在青少年宫里一味功利主义学习文艺技能的孩子们完全区分开来。他不是家长老师眼中最励志的模范教科书，却是同龄人叹服膜拜的乐观文艺男。

就好比李健所说的，成名要晚，因为一旦你成名之后，你的时间会越来越少，属于你的真正的积累也会很少。

【雷剧绝缘体】

因为家庭的缘故，成人后的井柏然性情敏感细腻，完全没有富二代那种横刀立马的张扬。虽然在熟人面前嘴巴有点损、喜欢恶搞，但总是过多地考虑别人的感受，却降低了自己的要求。被问及喜欢的类型，他亦坦言欣赏霸气的女汉子。

在《等风来》之前，井柏然在《全球热恋》里和Angelababy秀过恩爱；在《消失的子弹》中和刘青云、谢霆锋一起查过案；在《新编辑部故事》里全程耍帅，高度还原了90后时尚编辑何澈澈，极具先锋文艺轻熟男的味道。

挑剧本、挑广告，而不是盲目地来者不拒，体现的是井柏然对粉丝负责的态度，也让他幸运地成为稀缺的“雷剧绝缘体”。在一次次的历练中，羽翼渐丰的井柏然终于迎来了《等风来》《相爱穿梭千年》的男一号戏份，他也成为了华语影坛中最有潜力的新生代男星。但他依然勿忘初心，最爱唱歌。上《康熙来了》的时候，满怀热血地演绎了歌神张学友的老歌。

日本时装掌门人山本耀司批判现在的年轻人“愈发轻浮、中产阶级变得无趣、所有人都用国际大品牌武装自己，并嘲笑穷人和长者。人们被消费主义绑得更紧，年轻人失去了活力，失去了梦想，失去了执着。青春还没结束，他们已经在庸庸碌碌、死气沉沉地活着了。艺术、思想、哲学带来的冲击，在有些年轻人看来还不如一只包”。然而，我们不必担心井柏然会成为那样的人。因为他自己就吃过苦，经历过难以想象的潦倒和孤独，玛丽苏的世界离他太过遥远。

就算功成名就，井柏然依然保存着内心最初的纯澈。“脸过敏了，好像刷锅球”“新包到了，超超超喜欢”别人不敢说不想说不屑说的，他统统在自己微博记录下来。他还晒出一手漂亮的手写体，让人恨不得排版字库里除了徐静蕾体，多一种井柏然体。和广大热爱拍美食照片发朋友圈的吃货一样，其实井柏然这种热衷于分享的人，内心往往装着盛大的孤单和期待回应的敏感。

但更多时候他依然乐天。忙碌的演艺事业提醒着他一步步朝前走，变成追逐太阳的人，遇见更好的自己，让爱他的人过上更好的生活。

你怎样，你眼中的世界便怎样

——与其无聊，不如精彩

初老症

一位网友跟我说，不知道自己什么时候开始，变得有点麻木冷漠，每天在飞梭的地铁里昏昏欲睡，听着歌再也寻不回当初的感动，见到过去的男神再也激荡不起涟漪。压力很大地生存着，每天戴着面具去交际。年少时的热情，被空虚取代，变成了曾经自己瞧不起的那种人。

最后她问，我才 25 岁，是不是已经老了啊？

面对这个问题，我沉思良久。

那段日子，我何尝不是这样。用浓缩的两年半修完了大学四年的课程，然后意气风发地启航。可是很快，成为面目模糊的社会人同类。一个人走很远的路，一个人吃饭，一个人上下班，一个人流泪，一个人自我安慰。多少次，都下意识地寻找曾经失落的骄傲，或者说是傲娇。过去多渴望长大，可当越来丰富的阅历，将我们塑造成稳重、内敛的大人，却又忍不住失落。好像人一旦长大，才发现自己变成了这座美丽城市的孤儿。

不过，恰恰是对于这种生活的不甘心，说明了我们还足够年轻。因为热爱青春，所以还会审视自己。因为不够精彩，所以要对过去描绘的精彩蓝图说“对不起”。

老了吗？要不然，怎么会不再轻易动怒。

因为学会了体谅，学会了宽容。更多的时候站在别人的立场去考虑问题。哪怕对方不会这样换位思考。

老了吗？要不然，怎么不再轻易对一个人说爱？那是因为更有责任和担当，知道这个字背后有多么重要的分量，不忍亵渎。而一旦说了，就要偏执很久很久。

老了吗？要不然，怎么喜欢过的偶像，渐渐平淡；以前看得入迷的节目，现在无感；以前要攒很久钱买的牌子，现在觉得拿不出手。或许应该高兴，我们的人生迈进了新的阶段，追求更加高远。而要感谢这些人这些物的陪伴，见证了我们的成长和悲欢。偶像的人格魅力，给过我们最榜样的导航。

我们每个人似乎都有点害怕变老，有点排斥被说老。当在公交车让座被孩童回应“谢谢阿姨”“叔叔真好”的时候，我们内心总有千军万马在咆哮：“阿姨你妹啊！叫姐姐好吗！”然而，我们还是不可避免地走向生命的中端。

现在的 90 后、00 后比起 80 后，更加早熟，更加提前进入竞争行列。无形中 80 后们心理压力一定会很大，同时觉得自己被时间的浪潮迅速往前推。需要迅速蜕变成世故成熟的样子。但，可以让自己活得年轻，活得精致。用富有朝气的活力，去感染身边的人，也与年轻的伙伴为伍，让自己获得能量。

让你以老气横秋的目光去看待世界，那么所有的运动、派对、竞技、联谊、聚会都是一场精力过剩的无聊宣泄，所有的兴趣班、小组、艺术、理财都不值得尝试，没任何搞头，是富人间的游戏。而你只管累、只管忙、只管穷、只管宅、只管冷嘲热讽。

记得，在该孩子气时孩子气，在该情绪化的时候情绪化。在该释怀时释怀，在该呐喊时呐喊。平凡日子的起伏和惊喜，需要自己去用心经营。

总之，对的时间，做对的事。

愿你此后，桥梁都坚固，隧道都光明。

做爱情的知己，做自己的女王

拉着快进条补完了国产剧《生活启示录》。

身为国产偶像剧鼻祖级男神，在戏里饰演男主角鲍家明的胡歌，被导演恨得深沉，跟他配戏的女主角从刘亦菲、杨幂、刘诗诗变成了闫妮，跌幅之大，伤透无数少女心；但最恨他的还是编剧，安排他从拯救世界的大侠角色中转型，变成更英勇的接盘侠。他演的小鲜肉角色爱上了有夫之妇。

一时间，胡歌的粉丝们更是激动地在网上咆哮，忍受不了他们的偶像被“摧残”。

编剧王丽萍说，她是想通过这个故事告诉观众：一、人生到了任何时候，都要有梦想。不管你受到什么样的坎坷，离婚或是不公平，只要有梦想，你才能活得有希望有尊严；二、相信爱情。在任何年龄都可能遇到你爱的人和爱你的人，相信真爱的力量；三、生活永远有惊喜和奇迹。你可以用你的智慧和魅力去制造惊喜，生活也会给你回馈。

兴许有些台词也像那么回事：“年轻的时候不懂事，懂事的时候已经不年轻了。只要能懂事，啥时候都不晚，就怕糊涂一辈子。”

故事倒很像我一个朋友。她被婆婆挑三拣四，老公却是个奶嘴男，一切都听妈的。后来朋友一气之下离了婚，过上了闲云野鹤的潇洒小姐生活。轮到朋友的亲生父母看不下去了，无论朋友创业再怎样成功，都不许她经常回家，理由是她被夫家抛弃，带出去丢脸。他们还给女儿下了最后通牒：必须在一年内找到新的对象，好洗刷全家的羞耻感。

父母辈的结论，像金光闪闪的 LV logo 一样出现了：男人是天，男人是山，是上帝派来拯救所有跌倒在谷底的失意太太的。想卷土重来，都得靠男人的拯救。

君不见小 S、梁洛施嫁入豪门后，都难逃沦为生育工具的厄运。

难怪萧红当年曾深深感慨“女性的天空是低矮的，我们无法在男权文化的天空下另辟苍穹”。做个独立勇敢的女孩，单身时，享受那种自由洒脱、不受拘束的时光。尽情去结交朋友、培养爱好。跳舞跑步、旅行购物，没有什么比这更让人愉悦了。恋爱了，也不要企图依附男人生活，没有人会对寄生虫保持永远的热爱，哪怕他爱你，除了自己，也没有人能陪你一辈子。那些一门心思为了感情放弃家人、放弃事业飞蛾扑火的女人，最后都没什么好下场。

我相信世间所有美好的爱情。比如我外婆，外公去世的时候，她还把他生前栽下的那棵柳树照顾得好好的，当做亲人一样。有天邻居老太太问她，为什么那么悉心照料它？她说，自从跟孩子们分家后，这柳树便是外公最熟悉的亲人。如果来年春天能长出新芽，那外公就一定能找到回家的路。

这个故事一直震撼着我整个童年。祖外婆对外婆、外婆对我妈妈的爱情观很正确，就是相信爱情、相信梦想。但在它们到来之前、失去之后，依然保持人格的完整与清醒。

最好的感情，是这种不张扬、不呼天抢地的状态。要知道外公葬礼上，外婆一滴眼泪都没落下，只是眼眶微红。可是，比起八点档，这种执子之手、与子偕老的平淡和尊重，却更经得起细水长流。

在这个对女性已经足够苛刻的社会，做爱情的知己，做自己的女王。

慕尼黑：一定是双子座的城市

一个人一座城。对于彬来说，他青春的血液在慕尼黑最沸腾。

2010 年夏天，星座书上写，双子座，本月朋友可能失信于你。

信则有不信则无。后来彬最好的兄弟果然去了炙手可热的澳洲，留彬一个人穿着幸运色：明黄色的外套踏上去往德国的征途。为此彬做足了功课，去之前就知道比起北京，慕尼黑的夏天短一些，所以气温一热，大家都赶到室外享受日光浴。所以做好放眼望去草坪上全是白花花大屁股的心理准备。

现实比彬的预期更震撼。男女同学不少人都仿佛天生和水有亲，校园超市里最爆销的不是方便面，而是泳装和冲浪板。彬笑着说："你们这是存心不让你们的腿休息啊！"

这还远远不够，世界杯来临的时候，彬在寝室戴着耳机观看当地电视台直播小组赛时，都能听见千米之外的喧嚣声。室友约翰终于忍无可忍地对他说："一个人独享，不如一群人狂欢。Let's go."结果没想到连饭堂老板也加入狂欢队伍。他风趣地说，一个生日在2月29号的男孩，每4年才有一次的放纵，谁忍心委屈了他？

这场狂欢让大伙的眼睛熬成了兔子眼，每天教授往台下扫一眼就能知道谁又通宵看球了。哦，狂欢是项体力活，必须要有足够的吃喝才能填满血槽。饭堂人道主义地24小时营业了一个月，自然赚得盆满钵满。

彬说，他千杯不醉的技能便是在那时候练成的。当地同学都是用排比句作介绍：这里有全球第一所啤酒大学，每年批量生产酿造学硕士；有最大的Hofbrauhaus酒馆；还有比圣诞节还重要的啤酒节，平均每人每天要饮上1公斤。难怪他在脸书上看过一个段子：给慕尼黑人照X光，可能会发现他们的血是啤酒做的。

这些全民打鸡血的活动伤身又伤神，可慕尼黑人热爱竞技的天性从不打烊。譬如每月例行的死飞（一种自行车运动），比任何事情还准时。很多寒冷的冬天，在我们哆嗦着滚下床，双脚着地的瞬间，那些漆黑夏夜里振臂高呼的激昂，不合时宜地演奏成了心底生动的回响。

“除了我们这样的留学生，慕尼黑 365 天还有世界各地的旅行团不间断到访。我在路上不止一次听游客抱怨：这里公交线路比盘丝洞还乱，物价突破天际，凌晨，公园里的流浪汉随时会扒走你的手机，对外它却宣称是德国最安全的城市。德国其他的地方住的难道都是外星人？”

总之，彬一开始有一种被骗过来的感觉。后来同学帮他解惑：本地人口其实少得可怜，很多是空降的外来人。

“一个人只有见过慕尼黑才有资格说他见过德国。”这是最著名的君主路德维希一世的名言。慕尼黑的居民认为自己首先是慕尼黑人，其次是巴伐利亚州人，最后才是德国人。他们脸上写着不可一世的骄傲，仿佛每个外地人都活该坐点冷板凳，之后再给他们打入内部慢慢通关的资格。如果水土不服，应该出门左转去法兰克福。

但彬了解这座城市以后，在电子邮件里悄悄对我说：“其实这面高墙内，自恋的另一头连着自卑。”

何以见得？首先，1958 年那场空难成了慕尼黑全民心头最隐秘的耻辱，至今他们都在打造全球最顶尖的飞行工具。其次，彬认识的当地男生，就算再优秀，若没有百分百的把握，根本不会跟意中人告白。

迷恋星座学的彬曾经跟他的学妹开玩笑说，“我赌五毛，慕尼黑一定是双子座的混血儿。”人们活得极端两面化，外放时动若脱兔，静下心来学习和工作时，又能切换成一丝不苟的静音模式。明明在向世界投放出海量的宝马，又不遗余力地推崇什么低碳出行。老教堂里是优雅矜持的公爵，教堂外是围着下国际象棋血拼的放荡赌鬼。但正因为这样多元也才显得有血有肉。

对一座城，只有渐入佳境的了解，才可能产生深刻的爱。

在慕尼黑的岁月，彬喜欢用实力征服每一个看轻的眼神，也凭3万字的原创实验报告让导师将他热情地推介到生物工程学院留校当讲师。

代价肯定不小。同学都说没泡过妹子的大学等于白上，彬却面不改色地拒绝过几段感情，希望把全部精力投入前程，这样方能对得起出发时那一腔孤勇。印象最深的当属一个金发女孩，听完他的“野心”后挥舞着拳头说：“如果你食言，中途放弃梦想，我一定不会让你好过。”

敢爱敢恨才叫青春。为了每天第一个到实验室，他在校内一住就是四年。他曾经因为从惰气里保存危险系数极高的丁基锂，操作失误差点炸伤手指。也尝试过在5平方米的小阳台研究如何将电流变成液体注入机器人的肌肉。

我看着邮件，想起一个交换生曾对我诉苦，他说他在北京待一年就折寿一年，日子实在太难熬。其实，谁没有过困顿的时候呢，那些日子彬过得清心寡欲，是为了当褪去校园的保护壳，到了职场以后还能全心全意做自己。不知情的室友直呼他是演技派，工作后反倒变得玩心四起。

如此看来，那几年本身就如同一场颠覆性的实验电影。

前几天，彬主动给散落各地的同学发邮件，问是否记得在留言簿满天飞的时候，他们集体约好2014年通宵再战世界杯的事。近七成的同学回复他，用德语说“好久不见”。

好像时光又回到三年前，他们以让密集恐惧症抓狂的密度，看着每一颗落网的球，热血和泪水在光影中忽明忽暗。

谁说男女之间不存在纯洁的友谊

2012年10月生日那天，我收到一只包裹，笔迹似曾相识。打开一看，是小飞寄来的亦舒新书。

2003年，入学军训时，一个晃晃悠悠的女孩站在我正前方，她走正步总是同手同脚，站了一个小时就报告脚痛，偷偷给被罚蛙跳的调皮男生递矿泉水。她皮肤白皙，出手阔绰，一看就出身于好家庭。那时候，我看她很不顺眼。

在报选修课的时候，我没有电脑，心急火燎地跑去学校唯一的机房，发现已经被人群占满。沮丧地往回走，心想，完了，肯定报不到我想选的现当代文学。刚经过小飞宿舍门口时被她叫住，“嗨，XX，你跟我报一样的课吗？以后上课可以有个伴！”

我至今依然记得小飞那张脸，铺着黄瓜切片面膜，一说话就掉一片。

因为这事，后来我请了小飞吃鲷鱼烧。她告诉我，那晚她正在看亦舒，突然就听见寝室里最大嗓门的那个人喊可以开始选课了。她第一时间打电话通知我，我没接，她又跑去男生宿舍楼下等我，听说我去了机房也不放心，就一直守在门口的位置，被夜风冻成狗。

不管她说的是真是假，我突然有一种想哭的冲动。离家那么远，因为志愿填得草率，阴差阳错被分到这里，没有任何朋友，一个人来到一座陌生城市的心情就像鲸鱼来到陆地。这是比那一年的非典更可怕的事。

坐在遮阳伞下，啃着鲷鱼烧，她给我看她摘抄的亦舒的句子，“那天我一抬头就看见了他，我于是想，我以后会有伴了，哪知道现在还是一个人，你不陪我我就全世界没有一个朋友。”

我说，怎么会，你是个公主，一定有很多人想要攀附你。

“其实，我不喜欢跟太多陌生人接触。还有就是，我家并不像你们想象中的那么有钱，我爸妈都是普通工人，不是什么老板。我只是死要面子罢了。不过我以后再也不这样，不再为不在意我的人背弃原来的自己了。”

那天，小飞告诉了我一个秘密。她以前交往过的马姓男朋友嫌她太土气，不像别的女孩子那样会打扮得像花蝴蝶一样，带出去能给他长脸，就甩了她。后来她买了美容教程的书，打算改头换面。可是她遇见了我，她觉得我这样的男孩子懂得欣赏她的素面朝天、落落大方。

“我懂你。有时候我也会突然很惶恐不安，觉得这个世上看我笑话的人永远比在乎我的人多。有时候，我们都只是需要一个说话的人。以后你就拿我当树洞吧！”我对她笑。在她主动对我敞开心扉之前，我其实并没有将心底的漂流瓶投掷到她的那片海，有什么心事只说给陌生网友听。

后来我的港澳通行证批下来了，要与小飞一起去香港。她吞吞吐吐了半天，终于说：“不要到铜锣湾那一区去好不好？我不想看着戏院难过，因为那时候我常跟他去的……”

小飞说，那是有着他们共同回忆的地方，她怕触景生情。亦舒笔下的好多男主角都叫家明，好多本小说里都提到铜锣湾。分手后就小飞把那些书卖掉了。

她的语气是少女特有的霸道与娇憨。我那时还没拍拖过，听她描述失恋的痛，感觉像寄居蟹咬噬着心脏。

后来，我们一起走过许多地方，却唯独没有造访铜锣湾。

小飞成为一名实习记者后也很少再有时间看书。我在地方台看到她，发现她黑了一点，颧骨突出，但终于可以独当一面，去应付各种各样的人的采访。岁月有着化石为砂、脱胎换骨的魔力。

2013 年夏天，亦舒抛弃儿子长达 33 年的报道，在网上引起轩然大波。我又想到那个女孩。刚想把消息发给她，她便先一步转了微博，艾特了我。

“离毕业又多了一个年头，多了 365 种天色变幻。不知道你是不是朋友越来越多，不要我了？今年一定要跟老同学聚聚，谁不见，谁是小狗！”

谁说男女之间不存在纯洁的友谊？横刀立马的青春时光是张网，会帮我们打捞出几个知己，又被浪沙淘去几个。剩下那些是真的称得上肝胆相照，赤子之心的人。遇到很多新的人，狭隘的肤浅的自私的，即便如此，他们依然像刚采摘下来的蔬果那样质感鲜亮，哪怕已经久未蒙面。

银河系新鲜品种——直男闺蜜

12年前，剃着短发的黄磊在乌镇上演了一出《似水年华》，和刘若英的对手戏虏获了一大票文艺青年的心，至今他们还在津津乐道其中的经典台词“世界上最残酷的事情，也许不是爱与恨，而是擦肩而过却彼此相忘于江湖”。

男神和男神经病之间只差一个泡面头。12年后，青春不再的黄大叔顶着泡面头包子脸，说着荤段子，身边的女主也摇身一变，成了兼具女王、女汉子、女流氓为一体的陈树。多少少女观众变老阿姨，多少玻璃心粉丝转路人。怪只怪，这个时代越来越重口味，不跟风毁小清新还真混不下去。正经点说，在一个具有仇智倾向的社会里，始终流行对知识分子充满敌意的妖魔化的狂欢，这部戏的小标题应该可以叫“文青转二货实验”。

然而男主只是闪瞎眼，令我注意的是女主角。

生活中这种受过伤，把自己武装成女流氓的人太多了。她们后来都开启了刺猬模式。

凶猛和高冷，成了她们检验男人真心的利器。女友虐我千百遍，我待女友如初恋，是她们要的效果。然而，很多男人会被吓跑。

想起我一个朋友曾充满神秘感地对我说，他认识的那几个女客户啊，表面强悍得很，遇神杀神遇鬼杀鬼，赚起钱来像印钞机。但其实每个周末就疯了似的相亲，还得交几万块钱会费给婚恋网站，不就是为了找个可以打发孤单的对象吗。她们才是缺爱协会代言人啊……也许，现在说到女流氓，在假装独立坚强，生人勿近的同时，比谁都焦虑，渴望有个人将她收至麾下。

这个时代不知不觉流行起这么一种爱情：两个人关系是君子之交，男闺蜜和女流氓的组合。男的身轻体娇易推倒，任打任捏。李敏镐的粉丝最近在他的官网发起了个投票，问在他“五大名著”《花样男子》《个人取向》《城市猎人》《信义》《继承者们》中，哪个人物最符合粉丝的择偶标准呢？虽然金叹高票胜出，但男闺蜜全镇浩却意外地高居第二！

谁让直男闺密是银河系发明的稀有新物种呢！他们非常贴心，让女流氓在平淡流年里享受幸福。然后说：你从来不用回答谁幸不幸福，就是真的幸福。

对于幸福中的女流氓来说，男闺蜜对象也必须拥有独家代理权，跟别的女人重复使用，简直比跟女同事撞衫还严重。

台风天适合围观情侣吵架

周末的午后，站在天台，在八级的台风天里，远远围观校园里一对长得很有夫妻相的恋人在吵架。

男生的台词：你喜欢肌肉男，那当初为什么和我在一起？我的胖是一开始就胖的，不是突然才变成这样的。你明明知道，为什么还要跟我在一起？

女生没有废话。当初她也是因为他那个弧度傲慢的鼻子才对他死心塌地的。现在，她抡起拳头，一拳揍了下去。女生发育良好的身体实力卓尔，他差点驾鹤西去。

围观的路人很多，只有一个羊毛衫男生，看似是事主熟人，站出来让他们别闹了。

“你们别丢人了！这里是大街上！好了好了，当初是我介绍你们认识，要发火都冲我来了可以不？”

平地一声雷，吼得小情侣目瞪口呆，恹恹散场。

两个人都应该清火气，羊城的凉茶铺任重而道远。争吵之后，暴怒如藏獒的瘦个儿男生钻进了计程车，女生则咚咚咚跑回宿舍，将他写的情书放到脸盆里点燃。然后风再起时，残缺的纸片变成了蝴蝶，张开掀动着火舌的翅膀，以秒速五公里从寝室天台的七楼做一场最后的舞蹈。

我的左眼皮跳啊跳。

恰逢我最近开始后知后觉追美剧《怪胎与书呆》，刚看到第一季第一集，里面的男配角 A 被男配角 B 吓唬说，如果你被打到鼻子，鼻血逆流进大脑，你就活不成了。

其实恋人之间闹翻，最惨的不是当事人，是当初撮合、发自内心祝福他们的旁人。如果媒人又恰恰同时是两个人的好朋友，那只能被迫选择和一个好了。并且，有她的场合绝对不能有他，否则多尴尬。

所以有事没事，千万别做媒。随时闹别扭，最后矛头都会指向媒人。可惜清官难断家务事，任凭他法力无边，也无法曲线救国。

世间最难的分手方式，便是和平分手。仿佛知道爱情大限已至，默默收拾东西消失在眼皮底下，保持最初那份萌动美好的记忆，安慰自己不用看到TA变成老顽固身材走形、晚节不保也是不错的。保持风度的难，在于知道自己真的用心过、付出过、甜蜜过、努力过、挽回过。如今一个人突然抽身而去，留下伤痕累累的自己。

所以一定要较真，一定要死心眼，一定要歇斯底里，鸡犬不宁……

很多恋人平静终老，许多恋人死于偶然，但更多的恋人，死于心碎。

在恋爱里面，少不更事的少男少女，总是不停地挥霍，挥霍。最后壮志饥餐胡虏肉，笑谈渴饮匈奴血，鸣金收兵，留下白骨森森的疲倦。

终于看开，终于明白：要让什么誓死忠诚于你？除了养一条狗，或者动手挣一点钱以外，别无他选。

对了，我就是那个扮演过二货媒人角色的倒霉家伙。下不为例。

想明白，然后我的眼皮安静了下来。

首尔：珍珠如土金如铁

我采访过一个去韩国首尔留学的男生， 在这里且称他为小鱼。

小鱼来韩国前，身为韩剧迷的女友经常逼他一起看剧讨论观后感。但在他看来，喜欢韩剧的女生总归有点脑残。过滤掉那些狗血情节，在小鱼印象中，韩国这个弹丸之地总透着点五彩荧光的腐朽。

可是小鱼说真正到首尔留学后，才感受到那里其实是个非常实际的地方。在首尔人心里，吃比其他都重要，无论男女都喜欢喝点小酒热爱烤肉。他在首尔的大部分生活费也花在了吃上。原来新闻里市民哄抢排骨的画面是真的，一菜难求的传闻也是事实。

首尔地方不大，就相当于小鱼老家——上海的松江区。外来的同学在几处地标性的景点玩腻了，更喜欢宅着煲剧。一下课，女生们喜欢扎堆在教室用手机看偶像剧，千颂伊拿着类似于粉饼的东西在脸上涂抹，围观的韩国本地女生贴心讲解："这是气垫BB霜，本土品牌IOPE。"另一个眼镜妹接话："好吧，原来千颂伊用的口红才不是YSL的，也是国产货IOPE。"

小鱼说，韩国女生尽管爱漂亮却并不迷恋洋货和奢侈品，她们坚定地支持国产品牌。这跟爱国扯不上关系，就是一种深入骨髓的本土情结。在他们看来,品牌的质量来自于心底的共鸣和信仰。

韩国人真够接地气啊！某个瞬间，我立马想象了空降一箱珍珠和一箱排骨，她们会先抢A还是B的画面。我猜后者似乎对他们更重要。

小鱼喝了一口咖啡，表情变得有些哭笑不得："在首尔待得稍久一些，国内的同学芒果开始问我很多光怪陆离的问题。"

譬如"那边的女同学都长得差不多，谁逃课你们老师能一眼认出来吗？"

确实没错，街上放眼望去都是人造美女，垫个鼻子，割个双眼皮对当地人来说稀松平常，犹如进美甲店，三两天就可以出院。

小鱼解释：韩国女生对于整容的热爱，除了爱美外也与他们的生长环境息息相关。首尔人口密度居世界前列，想要在现实中混出点名堂，除了拼智商，就剩下美貌。

“有时我也会思考一个问题，脸盲症患者在首尔是不是生活特别艰难？再后来，网上出了个报道，说在联合国颁布的《人口开发报告书》中显示，韩国女性地位在亚太地区13个国家中居末位。我大跌眼镜，室友却见怪不怪道，何止普通人，就算女明星，在韩国特别是首尔这样的地区，地位很低。艺人嫁入豪门，哪怕挤破脑袋进去，结局通常也不怎么好。”

所以，很多韩国明星都热衷跑到中国来捞金，混得风生水起的宋茜就有不少粉丝集资帮她买奢侈品。如此看来，姑娘们在首尔活得其实都特别不容易。她们有的被现实打败，有的被现实拯救。而我最不敢想象的是找一个韩国女生结婚的问题，将来生出的孩子长相，一定充满各种可能性。

被问及专业，小鱼显得充满自信：“不得不说，我的选择是明智的！”首尔“世界设计之都”的美誉并非浪得虚名，能在这里学习广告专业，激发了他不少的潜能。在这里，他最常买《WKorea》《CeCi》类的时尚杂志和设计书。它们成为小鱼的睡前读物。书上没有大篇幅的名牌广告，没有宝石与华服，只有很多用心设计的私人定制产品。它们排列在小小的角落里，像会发光。

至今，小鱼的座右铭依然是大学导师教诲的：“如果留在首尔工作，一定要拒绝那些号称要经常加班的公司。作为广告人，需要更多自由支配的生活来充实自己，需要去和朋友交流，需要多见世面，需要留出时间读书，以及去关注时下流行的影视剧。不然，策略枯竭，价值也就废了。”

因此，第三年的暑假，小鱼并没有急着回家，而是跟三个玩COS的视觉系同好一起，当起了沙发客。他们彻底露营，曾被塔谷公园的路人误当成丐帮，被施舍硬币。几十天下来，大伙儿明显变黑变瘦，却收获了很多新朋友，和相机里几个G的照片。

总有一些青春用来浪掷，沦为炮灰。诚如一队友说，做点无拘无束的傻事，才能重新提起对明天的冲劲。

我回想了一下自己大学里做过的事情，的确，无论好事坏事都不会白白经历的。你的爱好就是你的方向，你的见闻就是你的资本。

现在，小鱼已经不像从前那样抗拒韩剧。喝着啤酒吃着炸鸡，看着不需要费脑筋的偶像剧才是最放松的时刻。韩国人教会他最重要的一点是，一旦失去浪漫情怀，失去柔软的想象力，就失去了把日子过得风生水起的可能性。

你的灵魂可以再轻一点

很多人长大以后，就长成了自己小时候最鄙视的那一种人。还在那沾沾自喜地感恩自己的成长和蜕变，感叹当年的有勇无谋。把最后一点点血性里正面的能量都丢掉。

我的高中同桌黄，就一直很鄙视自己过去的审美，他特别后悔那时候开诚布公地告诉所有室友，自己喜欢那个爱穿绿衣服的姑娘。每次绿姑娘打完热水，拎着瓶子从楼下长廊经过时，都会收获来自 304 一阵密不透风的口哨声和唏嘘。记得有次她抬头翻了个硕大的白眼，嘴里念了句独白。她当然不知道，躲在几个光着膀子的替罪羔羊背后的，才是那个高调宣布喜欢她喜欢到六亲不认的黄同学。他躲起来，透过人墙的缝隙窥视她，像猎豹窥视一只美味的烤鸭。

如此燃情的岁月，却被黄同学一张臭脸全盘否定。是啊，念了大学，见了世面，眼界和要求自然今非昔比，几个老同学聚餐旧事重提，他将酒杯往桌上重重一拍，说，别提那黑历史了行不？现在看她毕业照，简直就是个洗剪吹。

我们几个都愣了，气氛一下子凝结。那些都是过去自己真实的剪影，我们记得绿姑娘那个俏皮的白眼，记得从她文静的口中骂出脏话时，每个人像打了鸡血一样虽败犹荣地激动。可黄同学不过谈了几场失败的快餐恋爱，就把求而不得的初恋给打压成渣。那种彻夜难眠的通宵畅聊、货真价实的心有戚戚然、连旁观者都为他们俩加油打气的千百种在一起的可能性，被一股脑儿推翻了。大家记得最清楚的，是黄同学冒着大雨给上完晚自习留守在教室的绿姑娘送伞，穿着人字拖和大裤衩在雨中疾走，那样子蠢萌蠢萌的。老二甚至煽情地说，如果我是那姑娘家，就从了他了。

而现在我们识趣地闭嘴，并且不安地揣测，一旦以后黄同学飞黄腾达，大家会不会已经没资格跟他围一圈平起平坐吹牛侃大山了。室长后来给我们几个人发了句话，且行且珍惜啊！

嗯，和这种人截然相反的还有另一个派别，一直在悼念青春，缅怀过去。但凡过去有点小辉煌的人，一旦融入更强更大的集体，往往就会被淹没。得过几本证书算什么，跟几个名人合照过算什么，和朋友疯狂地去了一个不可思议的远方自驾游，估计可以供起来缅怀个十年八年了。有个学姐，曾经是学生会众星捧月的风云人物，毕业后第一份工作并不如意，每天住在拥挤不堪的城中村，穿制服和高跟鞋追着公交车的尾气跑，每天晚上就会在博客日记里反复提起大学时光，抱怨物是人非、工作不顺、上司没眼光、身边无依靠。我们这一级原本将她奉为神话的，但怨念看多了，那种女神的光芒就大打折扣了。

其实何必多此一举，现在的你，就是由无数个过去的你组合而成。哪怕学姐有片刻的怀才不遇，如果真的足够优秀，那稍微比别人努力多一点就会有匹配上她的锦绣未来。

再回过头看看那些风景，与我们当初经过时并无不同。是我们自作多情地用记忆美化了它。

我们太爱自己，太相信自己的感官和错觉，然后营造出一种可瞧不起的或可经久惦念的过去。

而岁月渐渐教会我的办法，是直面过去，不煽情不美化，更不削弱。因为再无少年。

我过去有过一段热烈真挚的友情，那个人临风而立，美好如同白雪，想让我变成一阵风，一朵忽明忽暗的云随时陪伴身旁。可是却在最临近幸福巅峰的时刻，风听见对方和别人的耳语，说 XXX

根本就是个蠢货，不知道为什么对我这么好，也有可能是玩断背的吧？

我在空间写下了那些一起逃课去体育馆看演唱会的时光，头顶上爬满葡萄青藤的画面，午后咖啡店慵懒的爵士腔调，当然，也写下了少不更事的争吵，我们之间恍如蒙上一层灰色调的玻璃，以及那些临近毕业倒计时，是怎样划过我们尚且光滑的皮肤组织。

如果时间够多，来日方长，我会把我们的故事都写下去。可惜光阴太赶，而记忆终究会斑驳。更重要的原因是，我并没有浸淫于过往。我对自己说，不要当一个只关心自己情绪的人，世界那么大，道路那么宽广，心的容量也要学着变开阔。因为我身后还有大大小小没有实现的梦想，还有那么多风景没来得及去欣赏。没有来由地，我不想悲春伤秋了。

过去的时光，我没有白活。吃过最美味可口的蛋糕，走过西湖六吊桥，也曾灰头土脸无所事事，但那是心之所在，如同故乡一般的存在。那里有我熟悉的街道，清澈的眷恋，费心爱过的人，以及生命里至美的笑容。在累的时候，困顿的时候，迷茫的时候，想一想，更坚定脚下的路该如何走。

而更多时候，我希望我和我亲爱的朋友们，都可以往前看，大步走，不回头，不拖泥带水不刻意翻盘或追念，才是成熟的表现。

不念过往，不畏将来，借助风力飞起来的时候，灵魂才能轻盈一点。

深白猫馆没有猫

曾几何时，因为童年的家境并不富裕，我也曾像刘同那样活得比别人更加用力，希望有一天能励志逆袭，改写命运。

直到有一天，路痴的我无意间走到了一条陌生的巷子，走到那家名为“深白猫馆”的小店。

站在店外，可以依稀听见店里播的音乐都是轻快的布鲁斯或呢喃般的蓝调，让人心安。仿佛有一股神秘的力量，吸引人进去。我抬起腿即将跨步时，扎着棕色头巾的服务员轻声细语地对我说

“请脱鞋”。换上一次性拖鞋沿着旋转楼梯上去，二楼是古色古香的茶座，垂下的竹帘半卷着，桌上燃着沉香，我坐下的那处是檀香，邻桌是龙涎。就着香气坐在垫了蒲团的榻榻米上,我看到线状菜牌，设计得跟一个本子似的，伸手可握。

别误会，这不是日式居酒屋，而是无国界料理店。但服务生说，客人点的都是素食居多。

在这样的环境下，无须小声交谈和请勿吸烟的温馨提示，每个人的交流都是轻声细语的，甚至可以听到三米以外咀嚼和饮水的咕噜碎响。在期间用餐，仿佛是将自己尘埃剥落，凡心洗涤，置身一个无菌实验室。

最令人费解的是我除了主食以外明明点了蔬菜天妇罗，结果端上来的却是一碗什锦鲜蔬汤，碗底处还贴了便条：你唇上有皮屑，额头有痘，最好不要吃炸物，清淡为宜。赠你的汤，请笑纳。

我像豪侠饮酒往嘴里送了一大口汤，惊艳得像得到珍宝的拾荒者，霎时无法再抑制住内心的好奇，冲到愕然的服务生面前问，你们的老板呢？我想跟 ta 聊聊！

那位年纪轻轻的年轻男孩，灵魂里仿佛华发早生：“店长是个旅行家，一年前登山时意外去世了。他是个华侨，对我们很好，这里没有他的任何亲人，我们就那样被总厨带着坚持做了下来，谁也没提到离开。他的教诲、他的戒律和信条，我们都没有动摇过。”

数不清第几次去的时候，我见到一名面熟的女子，面容素净，举止轻盈，穿着层层叠叠的白色蕾丝裙，下面坠了流苏，仿佛别了一朵雅致的云朵在胸口。

那次我去得极早，不是饭点，但她却挥挥手让我拼桌一块坐，主动招呼道："你也很喜欢深白猫馆？经常见你在这里吃饭。"

我笑笑，反问她："你也是？我算忠实 fans 吧！"可蕾丝裙姑娘接下来的话却令我讶异。

原来她就是总厨，好似从小到大，我们想象中的厨子总应该肥头大耳，看上去食欲丰沛。而她瘦骨嶙峋，根本不能为美食代言，顶多作为多吃不胖的形象在世人面前拉拉仇恨值。

长发女子轻声道："我先生过世以后，我就活成了他的样子。我为了制作出这个世界上最美好的食物，总是自己第一个尝试新菜，每样只吃一口。客人是上帝，但可能他们奇怪的要求在这里会得不到回应。"她笑起来露出两行白牙，有一种率性而活的调皮，与精致的装扮毫不匹配。

她低着头，吃着瓷碟里猫粮一样小份儿的菜，但每样都吃得很慢，很享受。

约十分钟后，女子说完"我吃好干活去了，你慢吃"之后，端着光洁的空碗离开了。站直以后，她又猫下身来，在我身边说了一个秘密："你知道，很多人也在问，为什么深白猫馆没有猫吗？连这里的店员也不知道。因为，他给我起的昵称，就是小猫。"

我想那时候，小猫在我眼中应该是一头鹿的。她的长脖子，她尖尖的小耳垂，她微微倾身鞠躬的优雅弧度，她敏捷的动作和根本没有穿鞋的光脚丫，就像误入人间的一头鹿。

在满室的芳香里，我禁不住要猜想：作为鹿的先生，该是怎样优秀的一个男人呢？活了大半辈子，这是我所亲眼所见、亲耳所听到的最动人的爱情故事了，比任何作家笔下的偶像剧都要壮美倾城。

——圣经上说，我的心切慕你，如鹿切慕溪水。

——可是，长颈鹿是没有声带的，即便满心悲伤，也无法发出声音。长颈鹿永远地失去了她的爱人，并不打算改嫁，日复一日守护着丈夫的梦想。

所以，鹿把她的伤痛化成了一股柔韧而明亮的力量，她原本可以高枕无忧，然而却承担起了最苦最重的生活，坚持到了现在。深白猫馆没有猫，只有爱。但这就非常足够了。真的。

我想，我和这头鹿，哦不，这只小猫，应该会成为很好的朋友。

嗯，拜我们的臭味相投所赐。

最可怕的是
让这个社会相信好人没好报

人生中总有各种好人没好报的时候，我说出自己的不开心给你们开心开心。

借给朋友 X 万块应急，到了约定好的还款日期，对方愣是说筹不出来，只能分期付款。也罢，借出去的钱，泼出去的水，覆水难收，别人借钱时你是老爷，被别人欠钱后你就是孙子。

这世上，你对别人不好，别人一定对你不好；但你对别人好，别人不一定对你好。其实借出去的钱也是一种投资，只不过抵押担保的，是对方的人品。

有什么能让倒霉的人变得稍微幸运一点？那就是听到他人更倒霉的事情。

做杂志主编时，部门有不同的成员先后跟我反映，谁背后说她坏话，谁抢了她的作者资源……他们的共同特点是，都觉得自己很憋屈很倒霉，明明没有做过对不起那个人的事情。

一些人抱着“世人皆醉我独醒，世人皆浊我独清”的心态看待格子间关系,以为只要能独善其身就可以远离是非。另外一些人，则是更呆蠢，得罪了别人自己还浑然不知。

后者更可怕，因为喜欢把一切的挫折都归根于“倒霉”，从不在自己身上找原因。

果然，我单独找他们谈话，才了解到，其中错综复杂的缘由：被说坏话的，在饭局上曾失礼于人；被抢作者资源的，是作者自己先后加了两个编辑……

无论是被欠钱还是被捅刀子，防止霉运发生的最好途径，就是堵住源头，管好自己。不借，不得罪，不添堵。最可怕的是，这个社会已经默然接受好人没好报这个观念，并且人人自危。

有次我和朋友从外面吃完饭出来。有个小女孩在街边卖玫瑰花，旁边有块牌子，说自己的妈妈病了，急需用钱。她用湿漉漉的大眼睛看着我，我没讲价就买了几枝花。

走了一段路，朋友说，她一定是在说谎话。这年代伸手扮可怜转身住进别墅的乞丐太多太多了。

朋友言下之意，觉得我没关注新闻时事，栽了跟头。

我回答，如果她在这么冷的天，需要出来装可怜，本身也就很可怜。正常家庭的孩子，应该在温暖的灯光下，做着作业，看着动画片，可是她不能。她在几摄氏度的大风天里卖花，人冻成冰棍，这难道不足以值得这二十块钱吗？

其实我不是过于相信弱者，我是信命运无常，无常到足以击碎人的梦想，打乱原有的棋盘。

对于这样无法阻挡的霉运，不管发生在谁身上，就像自然灾害一样，必须另当别论。能帮则帮，因为付出时不图回报，所以不会失望。

人生不如意之事十有八九，重要的是这些倒霉以后能不能有效避免，这些倒霉是只有副作用还是让你“涨姿势”，这些倒霉值不值得。

我永远记得那个平安夜在街边卖花的小女孩，她的脸冻得通红通红。她说她要救妈妈，不管妈妈的生命只剩下一天还是一分钟，都无所谓。她的声音嘶哑，却无比坚毅。

暖男过剩

现在的媒体仿佛用词越来越匮乏了，是脑内存告急了么？今天一个大标题夸张亮是暖男。明天给田亮贴标签还是暖男。

在女生心目中，暖男就是应该对她百依百顺唯命是从，左手一只公文包，自己的；右手一只铆钉包，她们的。就差脖子上挂个项圈，加一条铁链子在大街上遛着，这样她们就可以在对象不老实瞟美女的时候扯一扯，让他痛个嗷嗷叫了。

真心想说，如果不是怀胎十月，不是伤筋动骨，那么娘炮的女包，真的没必要交给男友去拎了。你没发现，别人看他的眼神里，除了同情，还是同情么？

不就拎个包而已，不值得小题大做。你情我愿固然其乐融融，就怕哪一天吵架翻旧账，男的拿出来当话柄。

但凡有点情商的人，都不能让男方感觉自己是个免费钟点工。今天你对他颐指气使，明天别的姑娘勾勾手指头，用该死的温柔就能让他魂牵梦萦，感受到你缺失的那份“爱”。回头还要理直气壮对你说，我根本感受不到你的关心！

妹妹便有这样一个室友，换下来的衣服堆成山，有男友默默跟在身后扔进洗衣机；每天呼朋唤友到家里开派对，高跟鞋啪嗒啪嗒像跳踢踏舞，事后男友默默清扫“车祸”一样的事故现场，邻居投诉他首当其冲挨批，最后还从宜家家居扛来一张隔音地毯。就在妹妹的室友跟全世界晒幸福，说自己捡到宝并接受女同胞们的羡慕嫉妒恨的时候，男友默默选择了人间蒸发，和平散伙。

甲之暖男，乙之砒霜。你眼中天天拿来训话对象的“别人家的男朋友”，很快，那枚暖男自己先受不了逃跑。苦逼太久的暖男，总有在花花世界里幡然悔悟的那一天。毕竟，男人爱面子比天大。如果恋人之间这种照顾和关心不是相互的，过于倾斜，都难以走到最后。

第二类暖男，要追溯到美剧韩剧里经常霸屏的一类男人，英俊多金，身材性格无可挑剔，在剧中毫不吝啬地和女主进行一轮又一轮感人肺腑的周旋，每次女主有困难他必定第一时间出动，深藏功与名。最后将她照顾得白白胖胖，拱手送进男一号怀抱，还要圣父般祝福她：我希望你幸福，虽然你的幸福，不是我给的。

女剧迷一看，都会感激涕零，希望现实中也遇到这么一个大暖男。这样的暖男更悲催，其实真正的名字应该叫备胎。

备胎的故事太多太老套，大抵都是你爱我我爱他他爱她，还真没啥想说的。

真正的暖男是什么样子？

该低头时便低头，更多时候，气宇轩昂抬头挺胸，有自己的想法、有自己的审美、有自己的格调，而不是那些穿着睡衣顶着鸟窝头就敢出门的直男癌患者。会对世界上包括你在内的一切温柔相待，但也不会成为无条件无底线劳模。

如一位网友所描绘："这是一个真正快乐的人，他的快乐来自干净纯粹的内心与永不疲倦的生命力，每一个靠近他的人，都会被他的单纯感染，进而快乐。这种随身自带小宇宙的才是暖男。"

横道世之介的初恋女友评价他：若你死了，以后大家回忆起你，应该都是带着笑。

女权社会，人人都想当高高在上的女王，后宫美男大把，排队摇号等待召唤。只可惜，女王往往只有一个。更多的普通女子被打回原形，也只能对着暖男短暂的温暖，怀念到哭泣。

闺密有毒

多少宫廷大戏里，都有这样的戏码：两个闺密一起入宫，天真烂漫情意绵绵，其中一个受尽冷落欺负，最后变得蛇蝎心肠；另一个对好姐妹深信不疑，最终被陷害背叛都还不肯相信事实真相。真是明枪易躲，暗“贱”难防。

而闺密会变坏的原因，基本都是——自己混得不如女一号，心中嫉恨。这里的“不如”，包括地位、包括人缘、包括男性和朋友的关爱。

虽然闺密变坏是剧情需要，但生活中也不乏这样的例子。我有个博友，就私信咨询过类似问题。自己的男友被最亲近的闺密挖墙脚，还在男友面前各种添油加醋说自己坏话。因为对自己情况有各种致命的了解，闺密摇身一变，就是捅刀教教主，易如反掌，能把坏话说得舌灿莲花，活灵活现。

当然，首先你得有一个对象。

其次，让闺密和男友保持距离，那是必须的。如果你在男友面前高频率地赞美闺密，那男人一定会非常好奇，好奇害死猫。如果你跟男友闹矛盾时，喜欢找闺密倾诉，千万要节制，更别让她担任居委会大妈的角色去化解矛盾，小两口感情这种事情交给你老妈更靠谱。如果你跟男友非常恩爱，闺密常常落单，更记得别罔顾她的感受，在剩女面前高调晒恩爱，更别给他们俩制造单独相处的机会。除非你当男友是机器人。

如果你的闺密比你优秀太多、漂亮太多，记得在有男人的场合保持适当距离，免得相形见绌，高低立显，成了衬托她人的白莲花。

微博不是有这么一句吗：会跟闺密发合照的，要么就是为了显得自己脸小，要么就是为了显得皮肤好。

还要确认你的闺密，是不是你独家占有。比如她同时是你和另一个人的首席闺蜜，那么，就好像上学、上班时都会有小团体小帮派一样的道理，今天你对她推心置腹，很可能成为明日她对另一个好友造谣诽谤的话题排行榜第一名。

你可以笑我小题大做。但如果有一天落魄了，请继续笑着来找我。请不要因为自己足够守本分，足够专一，就高估了别人的底线。想想《甄嬛传》里安陵容后来是如何对甄嬛的吧！人心一旦腐坏变质，没有任何保鲜剂能够救赎。未雨绸缪的危机意识，就像绿灯亮了走马路也要避让非法机动车，其实是一种自我保护，避免好姐妹日后不必要的麻烦和反目。

天涯有个帖子，楼主是受害者。她提及闺密在男友面前非常有心计：我觉得我男朋友骨头差不多都酥了吧。公园里蚊子多，她过来一会就满大腿挠，红红的抓痕，可怜巴巴地对我说："嗯嗯，不行了，好痒。"我让我男朋友去小店买风油精，他就小跑去了。小C羡慕地说："你男朋友真好！羡慕你。"后来别的事情发生，男友果然被抢，要网友引以为戒，防火防盗防闺蜜。大家纷纷表示同情和无奈之余，只能祝福她提高情商，赶紧开始新的恋情。

电视剧《失恋33天》以身作则为观众制作出一本《防闺蜜指南》。张蕾说，"能和你成为闺蜜的人，你们在性格、爱好、气质上肯定有相似的地方，男友会喜欢上你，难保不会喜欢上你的闺蜜。"

如果事情已经发生，那你肯定是世界上最痛苦的人。被一个人背叛已经足够痛苦，闺密加上男友，简直是痛苦的二次方。可以用疯狂做家务来缓解。可以把自己收拾得干干净净，可以将浸透眼泪的枕套拿出来汲取阳光的味道，可以去看一场悲伤的电影痛痛快快大哭一场。找个理由请几天假，然后买一张飞机票坐去陌生的地方。又或者，关在家为甩掉人渣的自己煲一锅汤。等待汤翻滚的过程，人会特别平和，特别温柔。大口大口地吞咽下去，全身的阴霾都自动滚出。

千万记得，化悲愤为力量。

每个人的幸福都来之不易，都是通过前面无数次的不幸福才在千万人海中完成了配对，要小心保存，方能流传。

也因此，请不要做别人幸福的破坏王。所谓的破坏，就好像别人情侣吃盒饭的时候，原本很甜蜜，可你偏要说一句“菜看上去有点惨兮兮”，让人家心里头不是滋味；就好像你亲戚小孩考上大学，可你偏要说一句“看XX初中没念完就辍学，现在工资过万”。你可以选择祝福，可以选择无视，但，幸福真的是很私密的事情。

己所不欲勿施于人。就像你不愿被别人侵扰一样，也要做到不侵扰别人。

我不曾途经他的废墟花园

每个人的身边都有一个这样的男同学：成绩优秀，相貌卓越，文艺晚会表演每次都有他的身影，并且似乎还有洁癖，每天将寝室的床铺收拾得焕然一新。

同理，在这个同学的身边也都有反例：横眉冷目，乖张跋扈，花样恶作剧圣手，是老师家长眼中头疼的问题少年，和男神学霸的评价有着巨大的落差。

如果说在初三（2）班，楚天齐是前者，那么赵川便是后者。

记得他转学过来那天，我所有注意力都集中在他的那对杀气弥漫的眼睛上，一看就是荒芜叛逆的性格。

与这样的转校生不期而遇，自然没人愿意当他同桌。偏偏当时班里流行着“以优带差”的风气，赵川被安排与楚天齐坐在一起。我回过头，看见楚天齐收起课本一起往左边大幅度地挪开，势如躲避一场无妄之灾。高傲如他，性情里自然流淌着何处惹尘埃的避世美感。

记得有次，我撞见赵川提着裤子从厕所里出来，趿拉着运动鞋一脸暴躁：“他娘的，居然停水了！搞什么！”抬起脚又踢了一下墙壁。

后来，楚天齐和几个哥们打篮球时，我见到赵川坐在单杠上斜着脑袋远远看着。他将牛仔裤剪出了几个洞，他身后初霁的晴空挂着一阕彩虹。他仿佛很想加入那群人，但又搁不下面子。

某个周五，生理课老师打开画着男女身体的结构图，用图钉固定在黑板上开始讲解。讲到发育期男生的分泌物那段，底下忽然传来赵川的窃笑声。他声色凌厉地将一团黏糊糊的纸巾丢在了前桌班花桌上，班花当场尖叫失色。

在所有人都屏住呼吸的时候，楚天齐嗖地站了起来，径直走到前桌捡起纸团，眼疾手快对准赵川的脸丢了过去。一切都太突然，赵川闪躲不及，透明的液体从他黑亮的刘海上，一滴滴地滴落。赵川眼神阴鸷，嘴角抽搐，扑上去对着楚天齐一顿猛打。

命运让两个原本南辕北辙的男生发生交汇，又在电光火石之间剑拔弩张。

我想所有人在那一刻都是在内心为楚天齐拍手叫好的。只是，迫于赵川的威风并没有一个人敢站出来维护他。也是那一刻我惊觉，原来楚天齐一直是喜欢班花的。他愿意为她不辞风雪，借她肩膀，替她撑伞。因为意中人被赵川羞辱而生出的恼怒，不亚于投下一枚原子弹。

而事后，所有同学却纷纷在校园论坛发帖笔伐赵川，包括自诩从不愤青的我。这样一闹，校方认为赵川行径恶劣，责令父母带回家进行思想教育。

我们并不认为自己是冷漠，反而以正义自居。更没有人，会对赵川空出许久的位置感到一丝不适应。如我们所希望的那样，他真的，再也没有出现过。

就在所有人即将升学，在班级的QQ群互报成绩时，当天值日擦桌子的惠子忽然冒泡说，原来那些众人以为污秽的东西，只是他为美工课准备的胶水而已。众人哗然，但很快，赵川的名字又被升高中的喜悦和告别的伤感狠狠刷屏，在视线中消失。唯独楚天齐，在群共享上传了一首他写的歌，《花季不再来》，纪念那个对所有人闭上心门的问题男孩。他记得事发前一天，赵川找到他说，我明天要约会了，你陪我去市区逛逛，帮我挑一件好看的衣服吧！原来赵川那套衣服，就是穿给班花看的。

而如今看来，赵川表达喜欢的方式，就是引起她的注意，哪怕做错了选择。他以恶作剧，代替了鲜花和情书。

年少时，一些微小的错误总会被我们无限放大，形成蝴蝶效应。我们看待一个人，全然没有成人世界的理智全面，而是非黑即白、非善即恶。多年后知道真相，当年的轩然大波早已蛰伏成一句微不足道的轻描淡写。我想，少年赵川，一定有过柔软敏感的时刻，他的眼底也一定藏了一片闪烁的星海。哪怕，他身上闪烁着和乖乖生迥异的张扬，他也值得被命运温柔体谅。

比起有些同学假惺惺地笑着说“对当年在论坛里骂狠话内疚得想要切腹”，我只想云淡风轻地祝福赵川，那个用孤注一掷来博弈幸福的少年。

一个人如果能抑制他自己澎湃的感情，让自己变得冷漠、无欲，那该是一件多么可怕的事情！洒脱执着敢爱敢恨，才是有血有肉的生命。他纵使有万般不好，却唯独想对班花好。但是，年轻时候的我们总会遇到一个楚天齐、一个班花，必须隔着遥远距离才能观赏的男神女神。当繁华落尽，伤口风干，赵川定会遇到对的人，柴米油盐度余生。

在所有人不敢逾越青春的藩篱时，唯有他选择爱在当下，刀尖舔血，骄傲地跋涉过惊涛骇浪。哪怕，最终黯然退场，我亦在梦中途经过他的废墟花园。

去更远的地方，追更大的梦

——与其做梦，不如追梦

把最好的自己，留给最美好的事物

小的时候，我们被豢养在小小的婴儿车和摇篮里，童谣做伴。

大一点的时候，我们被豢养在教室的位子上，编上座号。

后来，我们被禁锢在办公室的格子间里，对着冰冷的机器，手舞足蹈，又哭又笑。

这份圈禁，定时定点，人人有份，永不落空。

所以我更佩服那些敢于走出去、敢于冒出头、敢于冒犯顶撞的后进生和辞职念。

他们活得没有信条，没有规律，不近人情。

但他们是真真正正的为自己而活。

所以应该有诗和远方，应该在书海与交谈里看见更大的世界。被豢养的人一辈子都走不到外面的世界。

不管是先人的智慧，还是眼下能人的经验，都可以为你加冠加冕。而且低碳，成本优廉。否则，裹足在方寸之地，一生一世都是寡淡空白的行尸走肉。

别说你变得堕落无趣都是谁谁害的，不经你同意，没有人可以改造你。

写好自己的剧本，演好自己的角色，愿你，成为拥有真本事的小金人。

所以十五岁喜欢的那个人，到了二十五岁就轻轻忘记吧。就算他没有长残也变老，你的游乐场他未曾想买门票进去，就应该对他打烊。

所以十七岁喜欢吃的泡面，到了二十七岁总不能还抱着放不下吧。下两个美食 APP，自己学着下厨，在油锅四溅里学会安抚自己的胃肠。

所以十九岁去不了的乌托邦，二十九岁怎么也得动身走一趟。哪怕看到是遍地垃圾和小贩，归来时满心失望，也总算了却了一桩夙愿。

你们可曾听过一个叫摩西奶奶的老婆婆。摩西 76 岁才开始作画，80 岁办个展，100 岁启蒙了渡边淳一。大器晚成的她喷薄了一千多幅作品，在全世界像候鸟一样往返巡回。她在亲手绘制的明信片上写下：做你喜欢做的事，上帝会高兴地帮你打开成功之门，哪怕你现在已经 80 岁了。对一个真正有追求的人来说，生命的每个时期都是年轻的、及时的。你最愿意做的那件事，才是你真正的天赋所在。

“人到底该在什么时候做什么事，并没有谁明确规定。如果我们想做，就从现在开始。”

把身心埋没在变得更好的进化论里永不回头，摩西奶奶们便是你的榜样。

此刻沿途风光无人细看，或许没有人途经你的绽放。你历经孤单，彷徨。

不为谁，你只需自我欣赏，姿态漂亮，积攒力量，取悦梦想，灵魂有光。

无用青春物语

自从有了微博和微信朋友圈，前天看见 A 的男神回复了她朋友圈，她兴奋地截图；昨天看到 B 和某位当红明星近距离接触；今天看到 C 晒出某重点大学的授课邀请函，甚至还录下了现场短视频，在他振奋激昂的演讲声中，仿佛听众都可以变成一只有内伤的小昆虫，在他光芒万丈的背后阴影里缓慢翻滚。

每个人都在做着看上去非常“有用”的事情，也不管这份“有用”是否有点用力过猛。

我很庆幸，无力感即将把我淹没之际，我去找了一位信赖的导师聊天。身边的人有的成家，有的出国，而我看上去似乎有点懒惰，过分安于现状，厌恶应酬，还在做着写字这种在有些人脑子里“即将被时代淘汰”的事情，跟夕阳产业——纸媒打着交道。每本书的版税，虽然够谨慎地花上一年，但那些半夜灵感闪现就爬起来，蹑手蹑脚摸黑打开电脑的煎熬，那种卡文时恨不得将脑袋掏空的压抑，无人能懂。

我还对那位导师说了一件事，几年前，有一家杂志社的领导找到我共进晚餐。那时候我有一本新书即将在他们公司出版，席间围坐在一起的，不乏叫出名字好多人就会“哇”一声大叫的大牌畅销书作家。但我依然平静如水，直到宴席散场后，跟我关系亲密的责编直接短信问我：“你今晚表现很异常，是不是有什么不开心的心事？”

我告诉她并没有，只是我觉得大家都是合作者，何必去攀龙附凤，或者举着并不美味的酒，佯装豪爽奉陪。

事后，其他人理所当然成了杂志重点打造的金牌写手，而我的书断货了许久也没有加印或再版。

直至带我的编辑离职，才悄悄告诉我真相，言下之意，他们大领导觉得我有点过于清高了，没有像其他人一样，把握时机去换取平步青云的机会和更多的版面。

这些纷纷扰扰，像冬天火炉里的炭火一样簌簌落下。

我问，老师你觉得我哪里做错了吗？

他没直接回答我，而是兀自把玩着自己的滑盖手机，过了好一会才开口：“你看我现在还在用着几年前的旧款手机，别人觉得我落伍也好，觉得我抠门也罢。但一个手机的发明就是为了节省时间的，结果因为有了太多功能，别人恰恰在它上面浪费了更多的时间。你觉得，这该高兴还是悲哀？所以你最好先问问自己，你追求的究竟是内心的成功，还是比别人成功？”

善于书法的导师送了我一幅挥毫写就的字画，上面写了两行大字：不做无为之事，又何以遣有涯之生？至今我依然将它挂在客厅里。

我想起更久远的中学时候，我的梦想是当一个画家。于是我每天在表姐家的画室里，在白纸上捣鼓一些没人能看懂的涂鸦，常常把自己的衬衫弄得像调色盘，回到家难免挨父母一顿骂。那时候，大家都在为重点高中而埋头苦读，而我，竟有如此闲情逸致去“挥霍”青春期，在他们眼里，我就是不像话的熊孩子。再后来，我又迷上了唱歌，总是躲在洗澡间里一个人自 high，直到有一天，听见录音带里自己五音不全的声音，才宣告放弃。

然而正是这些不刻意求名利的零碎片段，丰富了我整个青春际遇。在千军万马过独木舟的时候，我做着大人眼中无用的不正经事，可它让我快乐，让我平静，让我在精神草原上呼吸到更多的氧气，然后我遇到了更奇妙的虚拟世界，那是我心之所向的乌托邦。哪怕最后从事的职业与这些经历毫无干系，但绝非是在题海里度过青春的学霸所能体会到的愉悦。

这个时代，前一刻你刚安装完宽带，立刻有人推出了光纤；换了 3G 手机，4G 的已经蔚然成风。大家都被时间的浪潮推着走，你追我赶，最终迷失了方向。很多时候，身边的同学看似目标特别明确地去做一件事情，追求一个头衔、一个结果，最后承受不住那份赤裸裸的失败结果，觉得对不住自己曾经拼尽全力的努力。更有甚者，内心太过脆弱偏激，选择给生命划上句点，去告慰自己曾经奋斗的时光。

当然，我不是在宣扬努力无用论，我依然深深相信念念不忘必有回响，只是我更愿意承认人在浩瀚宇宙里的无知与渺小。我也曾质疑过自己不思进取，但我宁可走得慢一点儿，看见被别人抛在身后的风景，也不愿因为急急赶路，灵魂里华发早生。

同事李芬曾经就进入过一个怪圈——不明白自己真正的兴趣点在哪里，所以，每天坐在小小的电脑前面，改策划、做表格、谈网恋、等下班。看上去过得非常充实，但更多的时候，感到疲惫不堪。哪怕比别人付出了几倍的时间在学习和工作，她依然对自己的庸常深表不安。

年轻的时候，我们领教过世界的刻薄与嘲弄，内心已经足够疲惫拥挤，如果在自己身上施压过多，或者因为家人的希冀的分量都压在自己肩上——那么迟早会像积木一样倒塌。我越来越了解自己，也与自己淡然共处，知道唯有读书能使我宁静致远，唯有及时行乐让我安心，比那些闭上眼睛冲往终点的人幸福多了。

我热爱我的自暴自弃，我的一意孤行，我的醉生梦死，就像热爱这个世界的包容与多样性。然后，我可以在短暂停驻后重新出发，去往世界地图上的角角落落。

就好像里尔克在《秋日》里写的诗那样：

谁此时没有房子，就不必建造，谁此时孤独，就永远孤独，就醒来，读书，写长长的信，在林荫路上不停地徘徊。

情敌是最好的反观镜

她是人间惆怅客，知君何事泪纵横。

最近她在练书法，古诗词字帖，写到这张的时候，忽然就想起了他。

是的，有句话怎么说来着：从前的我们，后来的我和你。

她原本是怕黑的，但后来，在他晚上帮舅舅看守那家面摊的时候，她竟爱上了走夜路。

她是怎么注意到他的呢？地上有团黑影子斜斜背对着他在移

动，后来走近了才发现，男孩在用客人没吃完的黄骨鱼喂养一只流浪猫。瓦数很低的节能灯下，氤氲出他线条分明的棱角和柔和的唇线，混迹在夜自习后来吃面的校服少年中低敛着眉眼，他偶尔也会跟他们搭几句黄腔，随意几句话截取出来，放到天涯论坛上都可以称为神回复的水准。看见她，男孩下巴略收，眉头稍稍扬起，像刚分娩完的海豹。他打包了一碗花甲煮面，嘱咐老板娘不要放葱，多三两面。

一个女孩子胃口这么大一定吓着他了。可是她是真的饿，那时候为了瘦身，女孩子流行一天只吃一顿，本来是七点钟该进的餐，却因为意外的台风延迟到了那一刻。

如果那一刻，我没有遇见你，又怎会死心塌地。

两个人开始进行第一次约会。再后来有了第二次，第三次……终于，他和她选择了一种占有彼此的方式，隐瞒着双方父母同居。

她走过去，把鼻尖贴在他微长的头发上，可以清晰闻到耳朵上面皮肤的原始味道——

像充满新奇地在嗅一张新买的空调被，然而不是阴柔的、幽香的，而是阳刚、隐忍的。荒芜清淡的温度，带着晒过太阳后的棉花气息。

他跟别的同龄男孩子不同，他灵魂中自带耀眼而笃定的因子。也很有想法，要把无照经营的摊点变成面店，最后扩大经营成连锁。他在城市地图上画了几个圈，说这些区域以后会烙上自己的足迹。

她唏嘘，野心这么大，想想真可怕。

他这样让人记挂，自有迷人的好。他以为，他最大的好就是他具有责任感，让人觉得跟着他，会锦衣玉食、后世无忧。可是他知道吗，当他越来越忙，她对他的牵念就会变成一种习惯，仿佛长久空置出来的梦境里终于听得见蹬蹬足音。他早出晚归，进进出出的脚步，失真得忽远忽近。他们从城郊搬到了繁华的中心。

她恰恰是缠人的那种姑娘，三个小时你摁掉她几个电话不回，她就会胡思乱想，想，他是不是跟别的人在一起，想，他是不是过马路的时候出了意外。世界的危险有时候我们无法置之度外，她总觉得，有一点点立锥之地就好，无须奢求太多，因为那些都是穷极一生也追不到手的。日光之下，不求新事，但求平安喜乐。抬头是温暖如新柳的干净眉眼，低头是坚实光洁的寸尺之地。青春没有不老的脸，记忆却是永恒的光鲜。他必须给她长久丰盛的精神支柱。他在哪里，家就在哪里。

但他做不到。他无法让自己闲置太久，落后于同龄人的生存危机意识在他心里愈演愈烈。“做不到”这三个字，本身就是一种对感情的消耗。

——终于有人入驻进来，安插在他和她早已有罅隙的二人世界。长久的流离失所，一个人这么多年来的颠簸和坚守。那个支持他事业的职场女性，他终于把手伸向了她。

她清高，有自己的姐妹和小天地，不小鸟依人，穿高跟鞋扭伤脚踝依然能单脚开车去上班，不用人接送。她也不像上一个人。她也从来都不做饭，不允许油烟味入驻自己的大波浪卷发里。

这个时代在变坏的一个显著标志在于，被这类渣男劈腿的成本已经变得很低，而新科技让他们如鱼得水。

而原来的她，爱情观是，只要他还有足够诚意回头，她便可以用双手来接，哪怕会血肉模糊。这种心思有点像为了见垂钓人一眼，故意咬住鱼钩的鱼。他要付出诱饵，她便甘心接纳。他若不领情，她便挣脱而去。

情敌是一面发人深省的明镜。她开始反思自己，是不是太黏人，是不是有点变态的强迫症，于是她开始参加一些音乐课。那个头发金光闪闪的外教说："吉他和钢琴，爱尔兰风笛和大提琴，都是诉说思念的绝佳乐器。你学得这么好，肯定是因为有思念的人。"她听听，笑而不答。

但她也不会因为不爱她的人去改变自己，那样是自轻。也不会因为失去一个良伴，就在网络日志上对围观群众泼洒"你只是我通往幸福的路上必经的客栈，我会遇到比你更好的"这样的心灵鸡汤，那是自欺，也是自负。如今七年过去，她依然学不会完整意义上的独立，心里下雨的时候还会躲进朋友的庙宇去避一避，难过到想大醉一场的时候就拉一个人当避风港。她的朋友们不像他，会加很长时间的班，通宵跟商业伙伴搓牌。

她的前世是一只猫，就算今生脱胎换骨多么努力也不可能变成一条狗。可是男友喂猫的耐心，终究还是弱不禁风。

生活步调不同的两个人，走起路来就仿佛那种双人单脚跳的时候，彼此牵绊最后摔得遍体鳞伤。

她不会忘记，那个湿漉漉的梅雨天，他带她去看的那部电影，她被施了巫术般哭了又笑了。

《E.T.》说，我这一生，都会相信你，爱你。

是啊，为什么主动邀约她观影的他，却没有感悟到，爱一个人的姿态，是抛却一切都要跟她在一起。那种极致自私地想要占有对方的念头，强过好心分手，放她高飞远走。

她也未曾告诉他，她用七年时间，像虔诚的教徒还愿那样，去尝遍了各式各样的面馆，都不及那时台风天一碗花甲清汤让心头暖。

这个有些伤感、结尾又带着希望之光的故事里的“她”，原形是我的好“闺蜜”童童。年少时，没说出口的情话最动听，没爱到的人最牵挂。

都说以人为镜，其实情敌是最好的反观镜，让她看到自己身上不如人的地方，也看到伴侣信誓旦旦背后的不够坚定。情敌像七号风球一样肆虐地掠夺走身边的爱人，却锻造了她不断修复缺点的能力。她将带着这些让人着迷的品质，一往无前地走下去。所谓离别的阵痛和成长的蜕变，说的也不过就是这么一回事。若干年后回想起来，他不过是她人生里的一段小插曲。

我祝福这个姑娘，有机会拂拭下镜面上的灰尘，她会看见自己已经变为更灿烂的人，生出坚硬的翅膀。这就是分手的意义。

这个时代尚好的标志在于，分手的人总能在单身期得到更多的慰藉，折腾出更多的光明。

我欠你一个拥抱

我现在定居的小区楼下，有几辆回收旧物的三轮车。平时车在，鲜少见到人，只竖了一块牌子留了电话。刚好有天我要卖掉一些旧家具，就拨通了电话。

想象中的彪形大汉的声音被一个爽脆的女声所代替。五分钟后她驾着机车，像女侠般来到门前，拎着蛇皮袋上了楼。

利索地捆绑好之后，她眉梢扬起，打量着秤上的星点。我忽然想起，屋子里还有几本漫画书，是出版社友情赠阅的，也取出来一并卖了。

谁知道，女人却将那几本书当珍宝一样捧起来，仿佛得到的是一张值得弹冠相庆的彩票：“这几本不能当废品卖，我给我小孩，他最爱看漫画了。”

彼时的我清高自持，双目无尘，总感觉不太愿意和这类收破烂的人靠近，遇见也屏息而走，自然不愿意和她多交谈。

后来我再经过小区入口，便偶尔能看到一个年纪十岁出头的男孩，背着书包坐在那里，和她一起来来回回翻着那本漫画。她仿佛在努力认字，将故事串起来讲给他听，讲到兴致高昂处，两个人眉飞色舞。

男孩并没有我想象中的、和拾荒人相似的窘迫与黑瘦，他出乎意料的白净，有着微卷的头发贴在饱满的额前，笑容如满月。

我的心忽然像失灵的琴键，咯噔漏掉了一拍。眼前是他们母子俩相濡以沫的浮世清欢。是的，清欢，说深情，显得太隆重；说温馨日常，又显得过度轻佻。

在我不那么懂事的时候，我总是容易自卑，我不希望母亲来学校找我，只因她穿着素朴，又从来不懂化妆。我特别羡慕好友聪有一位在银行当职员的老妈，每次来，她都穿着女性西装、开着黑色小车，轻盈盈往那一站，气质斐然。又或者美术课代表的姑姑，穿着时髦飘逸的长裙，仙女般给每个同学发着大包零食，嘴里说着“感谢你们对我们家晓敏的照顾”之类的话，一口标准的市区方言。

记得那是唯一一次父亲临时开会，母亲替他参加。她坐在小小的角落里，用眼神观察着四周热闹的一切，仿佛这些热闹统统与她无关。穿着花衬衫的她将手抬起，最后又老老实实地放回两枚膝盖上，正襟危坐。让我满脸黑线的是，她居然穿了灯笼裤和凉鞋！这是多么城乡接合部气息的标配！

那一刻我懂了什么叫做相形见绌和黯然失色。

于是往后遭逢家长会，我都在饭桌上指定要爸爸前来，他普通话周正，又足够开朗。

每每“投票”完毕的时候，我会把那台小彩电开得很大声，就好像这种热闹就能掩饰我内心的仓皇和愧疚。

是我故意忽视了母亲眼底淡淡的失落。我知道，哪怕我央求她去学校，她也会自觉找借口搪塞，可我偏偏连选择权都不给，就宣判了她的退出。

此刻，我拿起电话，对着通讯录里显示着母亲姓名的数字按了拨打键。之所以那样存，是因为网上流传一个说法：“别存爸妈哥姐，这样你丢了手机之后家里人就不会第一时间受骗。”

忘了多少次，面对着家人过度冗长的电话，用光了耐心余额；也每一次，都讲着隔靴搔痒的话，不想把自己变成伤疤博物馆，也不愿意放下倔强去寻求慰藉与帮助。

可是这一次，我们聊得很久，从她的风湿关节炎，聊到了表姐的婚期；从父亲的夜班，聊到了自己未来的打算。

让我惊讶的是，经年之后我释放了善意，母亲反而有些不太适应。习惯真的是很可怕的东西，血浓于水的亲情也会在习惯后变得淡漠疏离。

挂了电话，我在网站上替他们买了一箱奶粉。我希望他们在收到快递的同时，有一份平淡之余对生活保有期许的热情。当然，我也会故意报低价格，以免他们心痛。

我以自己的亲身经历保证管用——去一次菜市场吧！当你捏着鼻子逃兵似地跑过一地鸡毛的腥臭和脏乱，你才会惊觉到那个数十年如一日穿行其间的女人的伟大！

至今，我见到门口那个骑着三轮车犹如闪电侠般穿越在大街小巷的女人，都会放缓脚步，朝呼啸而过的她微微一笑。她耳后的头发飘飞成风的形状，和做完家务后坐在风扇前面吹汗的母亲一样，风姿飒爽。

或许她读不懂我笑容背后的深意，但她一定能感受到我的善意，这就足够了。

感谢命运，在我每次容易迷失在黑暗里的时候，总有一些引路的星辰，就像那几本神奇的泛黄的漫画书，帮我找到新的光芒所在。

而关于母亲，时光已然回不去，在电话中我寂然无声的一句心里话是，我亏欠当时的你一个拥抱。

慢慢来会比较快

静子近来找我倒苦水，说妈妈用不吃不喝的方式，胁迫她赶紧物色对象。以前父母也不是不着急，只不过静子大学期间念过不少国外的名著，工作后又见识过更多优秀的已婚男士，里子是有点小傲骨的，所以不愿意迁就。这一次，年关逼近，父亲的脸每一天都在晴转多云，母亲更是学会了一哭二闹那一套。

我安慰静子道，国内的父母真的是“捉急”，赶着你没毕业就找到工作，工作后赶着你骑驴找马寻找铁饭碗，再过没几年便催你结婚生子。像做加法那样完成一套任务。而国外，许多人可以空出更多自由的空间，去把精力花费在真正喜欢的事物上，做到追求极致。

他们做的是减法。

我们常常因为急，走进一个又一个的怪圈，以至于常常出现委曲求全的局面，最后弄得人仰马翻、心力交瘁。

如今的我，K歌的玩伴换了一拨又一拨，喜欢点的酒水从喜力变成花茶，但每次歌单里都会有某首歌一次不落——梁静茹的《慢慢来比较快》。

在微博已经被打鸡血段子霸屏的现在，我越来越发现放慢脚步随性而活，已经成为一种稀缺的可贵品质。

上个月去购书中心，我发现大部分人都集中扎堆在了一个书区，每个人都抬着头，表情像虔诚的教徒。顺着他们的目光看过去，电视里正播着豪气干云的致富经讲座。当然，整片区域摆满了各种教屌丝们如何一夜变成土豪的书籍，那叫一个应景。

基于屏幕里里外外都聚满了脑袋，而且是很多快要秃顶的脑袋，我像个拿着剪刀的裁缝那样，狼狈地从人群中裁出一条细细的缝，逃也似的爬到了二楼。每一格的阶梯上同样坐满了人，不同的是他们在看书而不是看电视。

书籍这种东西，说得文艺腔一点是造梦的玻璃花房，说得二货一点是洗脑的凶器。每个人各取所需从里面汲取营养，消灭一个个快要刺穿肠壁的、千奇百怪的天问。而这群人都企图让一夜暴富的神话上演。我没有觉得读文艺书就比他们高一个 level，但我敢肯定，他们当中至少有一小撮人的灵魂生了“急迫症”，正在上空凝聚成张牙舞爪的乌云。乌云可能会挤下几滴琼浆玉液，但不能满足绝大部分人。

如果真的可以依靠几本成功学发财，倒也挺好，地球上的贫民窟至少不会像现在这样遍地开花。但现实总是比刀锋还残酷，每天依然可以在报纸上看见需要捐助的贫困山区儿童，每一个地铁口也随处可见赶不走的小贩和沿街乞讨的流浪汉。

记得七八年前，我因为高考失利没能进入理想的大学，整个暑假都郁郁寡欢。参加好友的谢师宴时，听见他们一个个神采飞扬地想象着各自光鲜亮丽的大学生活，忍不住起身去上洗手间，一个大男生躲在里面龇牙咧嘴地掉着眼泪。在那以前，我一直笃定自己足够成熟、坚强，可还是悲从中来。因为我的父母、我的朋友，都在潜移默化地告诉我：在这独木桥前，一定要急着赶路，一定要超越大多数同学。将来得到了那一纸重点大学的录取通知书，便意味着以后的衣食无忧。可如今，我仿佛一切希望都失去了。

哭完洗把脸出来时，发现门口竟然多了一块黄色的牌子，写着“清洁进行中”。

直到散场回到家，办宴席的阿正才发短信说是他放的。他在门外看见我失声大哭，知道我脸皮薄，他不想别人进去看见我窘迫的模样。阿正还说，人的欲望有很多，就像宇宙的黑洞，每个人都渴望有一个丰沛的未来，富足的生活，谁也不愿意徒劳无功。但至少我们在追求梦想的过程中没有愧对过自己。

阿正说，那段时间，他看着我每天熄灯后还在寝室里熬着黑眼眶“开夜车”；白天课间，其他同学去操场活动，而我还在为解不开一道数学题抓耳挠腮……我的速度是比别人快了，可是身体也会有因为超负荷而扛不住的那一天。

阿正那条短信后来被我记录在博客上。不管换了多少手机卡，这条人生的座右铭都不会消失。在我每次感到迷茫或挫败时，看几眼就能收复心中流落的失地。嗯是啊，努力过都可能一场空，更不可寄期望于所谓的“天下武功，唯快不破”。

正因为心心念念要“笨鸟先飞”“捷足先登”，所以我在底子不够硬的时候，飞到半空又摔了下来。

驾照速成班最后培养出来的只会是一堆马路杀手。

闪婚闪离最大的受害者都是无知恋人的父母孩子。

一夜间腰缠万贯，一夜间选秀扬名，电视上总是缔造出太多传奇。大家都看见了速成的好结果，然而鲜有人去透过传奇看他们背后的汗和泪。也没有思索过，哪天他们一旦懈怠，就会被后来者无情替代。

看电视节目时，央视音乐频道正好在播韩国某女子团体在内地露天舞台上表演，边唱边跳。四面八方的大风吹乱了她们的长发，几乎挡住大半张脸，可她们依然穿着单薄的衣服，淡定地完成了，全程天衣无缝。真是头可断，发型可乱，演出不可黄。

如此业界良心的完美演出，完全没有任何怯场和水分，叫我这个路人也为之叹服。

韩国艺人的培训比国内严酷许多，有段子手打了比方：就好比韩足跟国足的差距。韩国明星基本都是在街上被星探发掘，或者在选秀比赛中脱颖而出，佼佼者进入公司当练习生，这也是最艰苦的岁月，每天都要载歌载舞练习到深夜。不熬个几年，不会有机会露脸。这个阶段的所谓露脸，也只是在一些演出中为其他成名艺人伴舞。对嘴假唱，原本在娱乐圈是家常便饭。但韩国艺人和老板都酝酿了那么久，就是为了等待彻底展现技能的那一天，绝对视其为奇耻大辱。

“韩国艺人培训的包装非常舍得砸血本，无论是服装配饰、拍 MV 还是综艺推广都是大投入，大投入自然有大回报。”一位粉丝被问及为什么喜欢韩星时，如是说道。在漫长的练习生涯中，艺人们的气质慢慢沉淀、特长得到巩固、星相得以雕琢完成，才能投入市场。她们足够专业，足够耐心，没有速成的捷径。而一旦有机会面对镜头，不技惊四座才是天理难容。

我想起以前，为了每期呈现给读者最好的杂志，哪怕纸媒式微，我依然和几个同事一起坚持加班到很晚。那些日子，我们对着电脑里的一个版面反复修改，对着几张图片的摆放次序反复讨论、甚至争得面红耳赤。无法忘记 2013 年那个白色情人节，部门里的同事在下班之前匆匆打了几个电话给对象，回到座位点了外卖，然后转身开始为当天下印的杂志忙碌。而没有对象的两个男生，像公知那样义愤填膺地发了长篇大论的微博，然后也进入“慢工出细活”的模式。我看着他们在白炽灯下拉长的身影，忽然觉得他们一个个都是巨人、铁人、手艺人。

现在，我们流行“快”。快递、快餐、快文化。哪怕坐在马桶上，也要逼迫自己打起精神看完一篇微信公众账号的文章。所有青春的岁月，浓缩成微博上 140 字以内的宣言。心脏变成红绿灯口黑压压的长龙，骂着粗口，按着躁动的、喧嚣的喇叭。

一旦被速度蒙蔽了神智，思想就会变成烟瘾者的肺，酒鬼的肝。生了病的心，要如何在正确的轨迹中度过漫长岁月？恐怕很难吧。

所以我还是更愿意选择，在长满荆棘的人生道路上狼奔豕突，没有捷径也没有侥幸，因为这样收获的快乐才是真实可握，缓慢，但终将到来。

每一次搬家过后
都有命运光临

毕业后这四年多，我一共搬过四次家。

相信每个人进入一所新校园都会参加迎新晚会，有盛大的欢迎仪式。但告别象牙塔进入一家公司，不会有人特别为你召开一次特别的迎新。你要自己去认识每个人，努力将他们的面孔和名字对号入座。同样，每搬一次家，我也是和朋友拖着沉重的大包、小包行李，记住门牌号，记住邻居凶悍或和善的表情，要不然，干脆把旁边的标志性超市、餐厅拍下来，打车的时候喊不出名字就拿出手机给司机看好了。

在广州这样的大城市，从一年 1500 人民币，环境又优越的大学宿舍，到一个月 1500 元的普通小区单间，我被中介上下扫量的眼色吓退，成了当时轰轰烈烈的城中村大军中的一员。

你们可以稍微想象一下，就是那种只配备一张空床一对桌椅的小单间，隔音效果差强人意，潮湿的天气里，墙壁和镜子就会挂满水珠变成人间炼狱。每天的公交站,乌泱泱挤满了人和早餐味。住了三个月后，我面容枯槁地咬牙搬了出去。虚荣心作祟，让我带着咬牙切齿远走高飞的决心，住进高档小区。

为了冠冕堂皇地住进去，我还解气地找了搬家公司。

直到后来某次聚会被朋友小楠吐槽："电梯房还需要这么娇气花一百块找人搬家，根本是无视我们、不把我们当朋友是吧？"我无从解释，默默掏钱买单赔罪。

没办法，我生性热情大方，这一点不是自夸。许多朋友喜欢找我借钱,因为我看上去总是会抢着结账的那一个。不是什么土豪，只笃定朋友之间无须计较太多。

扯远了，而恰好热情的我，收留了从外地来广州面试的程，而那一天，房东妻子上门取没有来得及改地址的快递，程去开门。她的脸刷一下变黑了，目光越过程，厉色质问我为什么欺骗她，这套一室一厅的房子住了两个人，而合同签的是一个人，她已经给了我优惠价，为什么多出一个程。

在那种场合下，我试图解释，但被她坚决驳回。我恼羞成怒，最后觉得那地方实在待不下去了，说我明天就搬走，月租还有几天到，我也不要了，押金退还便是。

永远无法忘记的是，那晚下着滂沱大雨，我再次搬出来，无奈只好住进路侧的宾馆。旁边跟着满脸疚色的程。他说："轩轩，我大学一直看着你作为辩论队主辩手，能说会道一路走来，没想到竟败给了一个东北娘们。"

我苦笑。招待所的陈旧花洒流出的凉水从头顶落下时，我狠狠地搓着身体，仿佛要洗掉那些带着耻辱的印记。走出来的时候，发现镜子里的自己皮肤红了一大片。

我没有告诉已经累瘫在床上沉沉睡去的程，洗澡的时候，我哭过了。

我终于体会到了独自在外生活的委屈，体味那些冷暖自知，第一次有了逃离大城市的心情。和所有大都会一样，这座城有太多春风得意的伪君子，哄抬物价，抢占便利，他们喜欢像上帝一样控制和主宰别人的命运，他们的灵魂长满了倒刺，看到别人因为他们一个轻微的决定就落魄难堪，是他们最致命最留恋的快感。从外地来工作的人，个个要付出昂贵的代价。这城市只是在利用我和程这样充满抱负的热血青年,并不是真的爱我们。我生长的小城，虽条件没那么优渥，思想没那么前卫，但世故无疑是温情的。

但一睡醒，拉开落地帘，巨浪一样涌进来的光线将地板映得七彩绚烂，熠熠生辉。晨雾逐渐消散，千朵万朵压枝低的花苞迎风招展，交相掩映。我很喜欢这种大雨过后的明净，天地间迎来新生，那种哀矜的、自怜自艾的负面情绪，仿佛被雨水稀释、溶解了。

有阳光抵达的角落，必然有阴影。我们像向日葵一样渴望光鲜明亮的生活，但没有谁，生来就能享受这一切。我明白这个城市不像看起来那么友好，但也能分辨出，它比我想象中更宽宥包容。楼下有穿着睡衣晨跑的老人，小狗在叼着皮球自娱自乐；也有背着书包等待校车的孩童，打着铃铛吆喝的移动摊贩。好像不管什么样的人，都能在这里，找到他们的一席之地，和向上伸展的方式。

也是那个周末，程求职顺利，和我一起动身寻找合适的房子合租。有了他，选择余地一下子大了起来，我们通过豆瓣租房小组确立了新目标。房东是个退伍军人，嗓门洪亮，走路有风，笑言以后这就是我们自己的家。

我们围坐在一起，第一次喝了他自酿的温热的米酒，发现没有想象中的难以下咽。酸涩过后，唇齿间萦绕着植物原始的醇香。房东说起自己儿时吃过的苦，想念书却被家人送去学武当兵，我们能走到这一步要好好珍惜之类的话。

夜色也明媚如酒，酒不醉人，人自醉。是那一刻，我决定要栖息下来。在那个比邻珠江的对方，我一住便是两年。

两年之后，我搬进了真正属于自己的家，虽然每个月要偿还房贷，但家具、装饰可以随心所欲。那一刻，我就像重获自由的囚犯，看到外面的天空、阳光、大海，一切一切，只让我想举起双手大喊大叫。那些提心吊胆、看人脸色的日子，那些坏情绪像感冒病毒一样大面积流行的dog日子，终于结束了。

将整个房子来来往往打扫干净后，我便在想，假如这套房子被我租出去，我一定也会像第二任业主那样，呵护它、不允许任何房客糟蹋它。这种感觉，没有经历过买房之苦的人，永远不会懂得。我似乎也理解了当初，眼中的恶人那样气急败坏的心境。

我想到了另一种现象：混得不如意的人都跟混得不如意的玩一块。还要骂混得好的摆架子耍大牌。而从另一个层面看，如果你是混得好的那一撮人，在向上爬时，也对遇到的人好点，因为掉下来时，你还会遇到他们。

世界是一座大庄园，我们每个人，都是一颗果子，寂静成长，缓慢成熟。以梦想为根，以孤独为叶，慢慢攀爬。曾经受伤，也曾经痊愈。喜悦与疼痛，不为人知。我绝对不是什么天才，我只是在别人看不见的时候努力。别人都在浪费时间谈论子虚乌有的天才的时候，就是我在炼狱里拔节的过程。我感谢那些容易激愤、敏感、好胜的过去，让我彻底结束了不停搬家的生活模式。

我摸着那些擦得光亮明净的窗台，想着以后就要在这个屋檐下，吃饭睡觉，慢慢变老，白发苍苍，牙齿掉光，就忍不住会心一笑。

唯一不变的是，每一次的搬家过后，都有新的命运光临。

推倒以爱之名的软暴力

总会听见身边不停有声音在说：近乡情怯。回家过年，比挤火车更让人犯难的，是亲人们的十万个为什么。

为什么没对象？为什么不结婚？为什么不换工作？

年关将至，从微博和微信朋友圈一夜爆炸的吐槽来看，不知道父母们如果知道他们无形之中给孩子带来了这么大的心理压力，会怎么想？

国内的父母很奇怪，子女在学校谈恋爱担心他们影响学业，一毕业又催着他们恋爱、相亲、结婚。哪怕他们已经有很烦的工作要处理，很难搞的公司要应付，很多壮志未酬的计划要实施。

但他们不管。就好像不肯听孙悟空解释就念起紧箍咒的唐三藏，觉得孩子不理解他们的苦衷，不站在他们的立场去考虑问题。他们会搬出陈年旧事，从如何辛勤地将孩子带大，这其中各种细节事情，到晚几年就到晚婚年龄，动之以情，晓之以理，夹杂威胁。

有些年轻人肯定会妥协，因为深信父母的话，觉得他们肯定不会害自己。毕了业，就好像青春已经走到了最后一段，没有追求动荡的资格，乖乖束手就范。

另一群人，表面唯唯诺诺，事后依然我行我素。这部分的年轻人恰恰是觉得自己从小到大太过于听话，乖太久了，对他们而言仿佛叛逆期现在才降临。他们怀着对过去查漏补缺的心态，过得肆意、张扬，甚至有些声色犬马的骄纵。

我在丽江，就见过这么几个年轻人，一起合资开了个小店，每天懒散地养养宠物、看看花，履行着一切文艺爱好者梦寐以求的愿望。他们有的怀揣明确的目标，正一点点靠近和实现，过着独立而有趣的单身生活；有的漫无目的，泅渡在惬意的蜜罐里不肯爬出来，日子足够安乐，何必去忧患。

是不是有点像桃花源啊？

不过，是梦就终究会醒。装睡也得醒。该来临的，始终会来。除非你抱着与至亲决裂的心态，否则迟早还是得帮父母圆梦。

过去和现在已经摆在眼前，无比确定。而将来，因为命运带着未知的形状和质感，所以除你以外的人，才会带着“为你好”的名义对你指手画脚。而你终究没有勇气回应一句：我的人生，关你屁事？

想起一个蚂蚁和大象的故事：蚂蚁和大象新婚不久，大象病故，蚂蚁恸哭不止。“亲爱的，你怎么走在了我前面，你毁了我的下半生。我什么都做不了，只能埋你了。”蚂蚁将在埋葬大象的过程中埋葬自己的后半生。这个有情有义的故事我怎么也笑不起来——生命里充满了巨大的琐碎感。

但凡为你牺牲过时间和精力的人情，包括亲人的、朋友的，偿还起来总是带着弥补和亏欠。甚至是一种甜蜜的负担，但绝不会快乐轻松。因为这些人情，能轻易左右你的想法，让你思前顾后，考虑繁多。这也就是为什么明明出发点是“为你好”，而事后让你觉得仓皇不安。

父母至亲，是曾经爱你如生命的人。但不代表所有伟大的爱都不会出错，都不会受到学识、眼界的束缚。你有能力证明自己，自然不必步步听命。最可怕的是在溺爱的笼罩下，迷失了自己真正的心智。你要明白，他们终究难以陪你过完这一生。

词人林夕在著作《生命中不能拥有的》中写道：“我们捐出了爱，本该不求回报，一祈求都有了负担，还敢奢言拥有？”

倒不如就像那些逃离故乡摇篮，也逃离繁华大城市的人，择一隅而安之。静下心来，让时间给出答案：我想过的究竟是什么样的生活？

然后，才有底气，也有动力，去不负所望。

请在旅行中修行

时日至今，我仍然清晰记得那次不寻常的旅行。

那时候，微博方兴未艾，“一生当中总要有一次说走就走的旅行”这样饱受争议的话也没有出现在大众眼里。但我坚信，身体和灵魂，两者之间总要有一个在路上。

于是在 20 岁那年的夏天，世界对着我，敞开出了它更加浩瀚的姿态。我拉着柠檬色行李箱，坐上路边的顺风车，单枪匹马前往星城长沙。

这一年我大四，以去杂志社实习之名向教授请了假，名正言顺旷课一年。然而那个想象中遍地是选秀歌手的城市，竟然比意料当中更逼仄，更单调。

每个夜晚，我坐在阳台，对面就是城市唯一的摩天轮。我曾在不谙世事的年华里听信了同伴编造的谎言，善意而漂亮的谎言。

她说，只要坐在摩天轮的格子里，转到最高处许下一个愿望，就可以成真。

在这处浸透着现实浮华的市中心，摩天轮的生意比它隔壁的酒店更冷清。我拿着第一个月微薄的薪水，怀着忐忑走进去，收门票的人是个年近古稀的老阿婆，她说，都打算关门了，想不到还有人来。

声音里透着真切的寂寞。果然，和我一起进场的，只有唯一的一名十来岁的女童。

我几乎是以攀爬的动作钻上去，身边空荡荡的只有风。华灯刷一下亮起，轮子慢慢启动了，发出有点类似于怪兽用尖牙咬噬坚果的声音。我忽然发现，脚下的世界，它变小了，小如一首歌，小如一次永恒的接吻。

是啊，那些霓虹变成碎钻，人潮车流变成了倒扣的水草流萤，夜空是垂下来的珠帘，而我，变成了宫崎骏老先生笔下那些骑在白龙身上、活在二维童话里的少年，伸手可摘星辰。就连那些在格子间里为工作所困的烦忧，家里人频繁打来被我视作骚扰电话的魔音，都在这场呼啸着猎猎风声的欢宴中，变得不值一提，轻如羚羊挂角。

仿佛就是那一刹，我体验到了生命的加速。我想起每个清晨为了不迟到，和别人抢的士的陌生人。想到了挤在电车里，自己影射在窗玻璃上变形难堪的脸，却还在因赶路而焦虑。每个人都在加速生活，加速老去，觉得时不我待，野心勃勃。包括我，在大四初始就渴望得到光明前程的我。我选择了陌生的角落，以为最靠近自由，然而常常在一个人走下七楼去500米外丢垃圾的时候，感觉到寂寞翻箱倒柜。我成了一个有着隐秘伤口的过客。

可是这一刻，我花了两位数的价格，偷得浮生半日闲，我成为这座城市的观众，以局外人的身份沉淀杂质，净化思绪。

离开前，我问走下摩天轮格子的女孩，怕不怕，她摇摇头：“有什么好怕，奶奶说，这是在飞。”

她口中的“奶奶”，便是那位两鬓斑白的守门阿婆。她有点窘迫地朝我点了点头，关上大门，她蹒跚着脚步牵着女孩一起走在回家的夜路上，天下起小雨，我追上去，将伞送到两人手上。我说：“我家就在对面，很快便到。”

这个城市多了一对风雨夜归人，而两天后，我桌上多了一枚照片。婆婆还伞时说，她帮孙女和摩天轮合照的时候，也帮我抓拍了一张，送给我当纪念。

苍茫夜色里，画面中的我定格在摩天轮最高处，头发飞舞，张开双臂，头顶拥簇天空，仿佛戴着星星编成的皇冠。我不再是那颗悬浮平流层之上，格格不入的忧郁的行星，找不到栖息的坐标。

原来，在人群中溯游而上的办法，除了朝陌生的远方不停奔跑，还有停歇下来，享受眼前的一切至醇至美。古时先辈们热爱的花鸟棋茗，诗意浪漫，不应该就此被遗忘，被冲淡。

我任性孤独的“旅行”在三个月后结束了。没有想象中光鲜的衣锦还乡，但多了胸腔里那份顺其自然的明朗。荣耀从来都是锦上花，而非雪中炭，放低也不致命。

旅行，原来是一种独处的修行。忘却征途中颠簸的疲惫，暂别过去熟悉的环境和一成不变的自己，去领略前所未有的风景，欣赏一个未知的世界。在这个过程，想不通的忽然想通透了，心里的结像一树一树的花开，在时光无涯的荒野里，不早不慢地次第迎风而解。

我遇见过打扮森林系的驴友，在火车上分享一包巧克力。也遇见过豪爽的店老板，在我第三次光顾时为我打了折扣。明明没有交情的路人，却可以比朋友更亲近。只因为你对他们从没有抱有期待。感到欣慰的同时，是否也应该检讨自己往日对身边人过多的索取？

我们总是因为陌生人的一点小恩小惠就感激不尽，却理所当然地享受着亲人朋友的好。如果不短暂地抽身，可能一辈子都肆无忌惮。

在列车上，百无聊赖的我打开笔记本看提前下载好的电影《回到爱开始的地方》。看到是台湾获得金穗奖的新锐导演林孝谦执导，周渝民、刘诗诗领衔主演，心中有些期待，果然是典型的台湾清新文艺片。剧情是北京女记者去云南普洱完成追寻一名台湾老人初恋的专题，遇见了台湾老人的孙子许念祖。两人为了同样的目的携手踏上普洱七日寻爱之旅。一段说走就走的旅行，只为一场奋不顾身的爱情。一次心动，一生记忆。

电影中有一段台词让我忍不住当场用摘录本记下："曾经的我总以为，是旅行让我认识了世界。现在我才发现，渺小的我们反而是透过世界，透过旅行来认识我们自己。"

所谓旅行，就是让自己在一个完全陌生的环境里，有肆意哭闹的权利，有睡醒不叠被子的权利，有寂寞独行的权利，有揭竿而起的权利。

曾经的我总以为，是旅行让我认识了世界。现在我才发现，渺小的我们反而是透过世界，透过旅行来认识我们自己。

星城早已告别漫长苦夏，秋意渐浓，而南方故乡竟然还残留炎炎的温热 。火车停靠之处依稀可以望见两侧，水光粼粼，巨大的渔船上满载肥美的大鱼，我脱下我的鞋，奔跑在天鹅绒般柔软的十里银滩上，越过浪掷的空酒瓶，越过忠诚的贝壳，久别重游般热泪盈眶。

先读万卷书，再行万里路。古人教训得极是。在旅途中，当然也能见到被游客垃圾污染的山川，便更对这个星球充满怜悯。历史教材总说我们是受害者，被其他民族迫害，被同胞迫害，可我们对于这片土地的迫害却从未停止。

原来世上最遥远的旅行，是从青涩，到成熟的距离。

如果东京不快乐

到东京后我才发现，当地烧钱是常态。

起初我揣着初来乍到的好奇心，逛遍秋叶原、池袋、清水寺就花去伙食费数千日元。东京的消费水平高得吓人，而路上所见的年轻女孩都背着名牌包，尤其 LV 更是街包。莫非这里的收入水平非常高?

导游摊手："我们东京的年轻人可不像你们中国朋友那样毕业后以当房奴为荣。我们都习惯成为月光族。反正，就算不吃不喝存一辈子钱，也赶不上房价的逆天飞涨。”

我在东京《读卖新闻》看过报道，在二十几岁的东京女孩中，94%的人拥有Louis Vuitton产品。由此在东京街头你可以看到二手奢侈品店遍布各个角落。热爱奢侈品几乎是东京少女的通性，她们追求名牌，自然也会想方设法赚钱，甚至不惜去当兼职模特。

东京看上去就是一座奢靡的都会，就在这样表面的奢靡下人人在糖衣包裹下夹缝求生。工作生活压力巨大自不用说，尤其是男人，从小被培养的强烈的羞耻感根深蒂固，失业就意味给社会带来负担。所以东京成为自杀率居高不下的“围城”。

很多小清新爱好者会带着《深夜食堂》那种居酒屋情结奔赴东京，想随性尽情地玩乐。

但我亲眼见过异国的人到居酒屋的场景，他们拿出随身携带的扑克牌想打发等菜时间，就被几个陌生人过来制止。当然他们连制止都带着谦卑。

店主过来提醒他们，公共场合不欢迎聒噪，除非高价包厢，否则就不能忽略邻桌感受。

这就是日本人，他们看上去恭敬谦卑，但也带有一股坚守原则，不容否定的坚定态度。

当然东京人也习惯在任何公共场所藏起本色，戴上统一的面具生存。听打工的同学说，在东京入职培训不会教他们太多东西，就是将各种礼仪摆兵布阵，将职员们调教得像克隆人般滴水不漏，员工一旦犯错薪水重扣起来也决不手软。

每年四五月樱花盛放之时便是东京摄影迷出动的高峰，走在路上，会常被人叽里呱啦请求帮他们拍摄合照。合照完，他们总会礼貌客气地回问“是否需要帮你也合照一张”。有时候在与东京人这样的交往中，我会觉得礼节过于烦琐。甚至感受到这种礼貌未免经营得太过虚伪。于是那些为学分对教授笑得最甜心的乖乖女，一回到宿舍就开始飙脏话，相处久了你自然也见怪不怪。逢场作戏是东京人公认的生存法则，大家心知肚明，没有人会揭穿彼此。

东京自然也有它的各种好。举个例子，我目光所至的超过 3 层的商品房就有露天楼梯作为安全通道；电车数十年如一日分秒不差。只要是便民工程，砸再多钱跟精力去维护，东京人都愿意。

如果你理所当然地认为，日本漫画行业发达，东京人肯定是一群活在漫画式梦幻里的二次元生物，那么你就大错特错。

当东京成功入围 2020 年奥运申办候选城市的消息传到东京市民耳朵里时，并没有我想象中的欢呼雀跃，校报转载了主流媒体的调查结果，显示有 53% 的本地市民反对办奥运，他们认为这是劳民伤财。

惊讶之余，却反而激起我对这座城市的浓厚兴趣。或许我并不适合这里，但这样的大都会本就习惯人来人往，也注定必须接纳所有人的爱憎分明。

万物有灵且美，我们都将迎风成长

幼年时，我偏内向，唯一的爱好只有读书。于是，父亲饱藏旧书的那只橱柜成了我挚爱的珍宝。

是怎样发现它的呢？原本橱柜是密封的，但有一天，我养的小狗长到了壮年，用脑袋将它顶出了一条缝。那一天的我，像哥伦布发现了新大陆。我偷偷将手探进去，抽奖一样拿出一本《红楼梦》。等到大人们睡下，我便悄悄在被窝里打着手电筒看。

就像不知道树叶什么时候变黄，窗外的星空永远不知道哪一刻升起朝霞。某一天我突然发现，坐在教室第一排的我竟看不清黑板上的字了，视界恍如隔了一层磨砂玻璃。回家后，父亲阴沉着脸坐在沙发上，一副审问的口气问我："是不是在橱柜里拿书了？摆放顺序不一样了。"

没有意料之中劈头盖脸的批评，父亲告诫我，想看书可以大大方方告诉他，他非常支持。但有一些书，并不适合我这个年纪来阅读。他做了分类，右侧的那排可以任我取阅。

或许得不到的永远最珍贵，从那一天起，我听到了梦境破碎的声音。书不再是我午夜梦回独享的秘密，那些细密方正的汉字令我兴致索然。为了和同龄人有共同话题，我努力给自己培养了更多的爱好：羽毛球、游泳、游戏机、偶像剧……他们终于不再喊我书呆子。我把自己包装成一枚色泽明亮的浆果，去取悦别人。快不快乐，只有自己清楚。

直到我升入高中，周遭全是陌生而疏离的面孔，心里有一扇脱漆的门，幽闭黯淡。仿佛昨日还在沿着童年的堤岸游荡，一转眼就爬上了成人的贼船。

我只好重新与书为伍，在图书馆靠窗的位置眺望外面的落日芳草，流云飞鸟。我抱着书香一次次穿过蝉鸣。盛夏黄昏，天光乍泄，我隔着熙攘的喧嚣任凭校园广播站那清甜的嗓音缓缓涌入鼓膜。

种给离乡的人 / 种给太宽的路面 / 种给归不得的心情

种给留乡的人 / 种给落难的童年 / 种给出不去的心情

种给虫儿逃命 / 种给鸟儿歇夜 / 种给太阳长影子跳舞

种给河流乘凉 / 种给雨水歇脚 / 种给南风吹来唱山歌

声音轻微，但是那一刻，我的身体被这样美好的语句一拍不漏地击中。像要求证某个结果，我跑到广播站唐突地敲响木门，开门的是一位盘着发髻的姑娘。

“请问刚才那首诗叫什么名字？”

“你光顾着跑，没听到我后面的介绍吗？”姑娘笑，“刚才我念的其实是歌词，歌名叫《种树》。”

原来如此。那一刻，我发现，自己真正所喜欢的其实是文艺装点出来的美好本身，而文艺的形态包容万象。

姗姗，这位文艺少女成了我的知己。在她准备稿件的时候，我就帮她打下手。有时候在论坛发现广播剧也会推荐给她。我对她说，我的绿灯，为你而亮。

节目播出后便取得了热烈的反响。我得意忘形，下楼梯时华丽地跌了一跤，姗姗在背后蹲下来大笑，笑声仿佛贯穿了一整个青春。

笑完了她才发现我流了很多的血，将我送去医护室，小心翼翼替我消毒上药，看我疼得龇牙咧嘴还说“我没事”，摇摇头，“你啊，老是装作刀枪不入的样子，就要做好被万箭穿心的准备。”

我被她轻易洞穿。文艺这样的爱好，熏陶了我雍容的气质，同时也让我孤傲洁癖。如今我看不上很多人事，觉得粗鄙空洞。比起高谈阔论，我更愿意享受精神乌托邦的宁静祥和。

可是这也注定了我的不得志，我的寂寞，我变成离开鲸群的孤岛。

姗姗说："播音员也是孤芳自赏的工作。其实万物有灵且美，每个人都是一本好书，我最近开始希望改变自己。有时候，放下手里芬芳的油墨，走进人群去翻阅他们的梦想和过往，何尝不是另一种文艺？但是，也千万别放弃自己内心的审美。"

两个月后我参加了姗姗毕业前夕的合影。她穿着米白色的裙子向阳而立，在阳光下笑容如同透明尘埃，能点亮未来。半个月后，厚厚的照片被洗出来寄给我。信封上写道：愿你道路漫长，充满奇迹，充满发现。我们都将迎风成长。

我想，时间会证明姗姗是正确的。即使抬头看不到月光，心中也要保留一方皎洁。